Funny Jokes

哇哈哈

讓我一次笑個夠

FUNNY JOKES 3 超有梗笑話

張允中◎編著

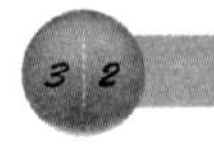

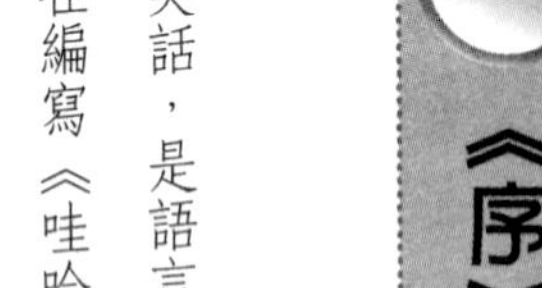

笑話，是語言的花朵，是幽默的展現，是生命活力的徹底抒發。

在編寫《哇哈哈！讓我一次笑個夠》的摸索製作過程中，我驚訝地發現：「笑」竟是如此鮮活的存在著，一如我們豐富的生命——交揉著「喜怒哀樂」和「生老病死」——諸多有趣的感動。

根本，流傳於世上的億兆個笑話，沒有人斗膽敢確定哪一則會延續千代萬世的——除非我們無知到完全漠視時間與空間才是創造、顛覆、主宰笑話的重大要素。

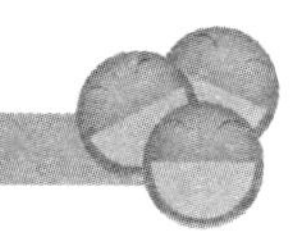

然而，我卻又不得不帶點驕傲地說：因為本人的專業與努力，本書所蒐集的笑料盡是一時之選，保證足以笑掉你們的、我們的、他們的大牙！

除此之外，本書的真正重點，除了紓解房價、水電、物價上漲，以及您工作、家庭所帶給您的沉重壓力之外，還著重於傳授各位如何成為一名頂尖的「笑話高手」——好讓這世界更有歡笑、更加美好。至於——那些過時的笑話書，會在《哇哈哈！讓我一次笑個夠》出版之後，成為風中衰敗、枯萎的花瓣——終將落土，以接續肥沃這片笑的園地！

您可以節衣，可以縮食，可是，笑聲絕不可少的。

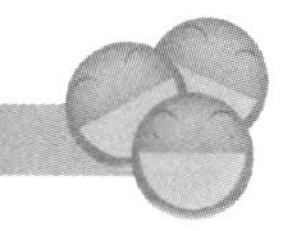

這本書不需要目錄，
翻到任何一頁都好笑！

笑是人類的本能

人類擁有笑的本能——初生的嬰兒，先學會「哭」，再學習的不是任何語言，而是「笑」。

換句話說，人類在沒有辨別事物、行為能力之前，就已經開始摸索、瞭解「笑」的存在了。而嬰兒與大人的笑，儘管在意義上、層次上有所不同，但對於笑的表現卻沒啥兩樣。

初生不久的嬰兒，只要大人肯費點心力哄一哄，必然會展露可愛的笑靨；孩童時期，只要搔搔腳底、腋下或腰際，他們的笑聲便會不絕於耳；成群結隊的少女、少男湊在一起聊天的時候，更容易牽動笑的引擎——

至於歷經風霜、飽嚐世事酸甜苦辣的中年人或老年人，通常會笑得更誇張、更動容。

這種本能的笑是與生俱來，無法強行克制的——理論上來說，要使他人也能開懷大笑，一點也不困難！

地球上無處不充滿著歡笑，只要我們隨時隨地豎起耳朵（這是人類的天線）很自然地去接收，再透過開闊的心胸來解讀，那麼，任何的趣事就不會被遺漏。

貓、狗在興奮的時候，喉部會發出鳴音，尾巴也會搖晃個不停；人類是最高等、最文明、最具智慧的生靈，經常會以「笑」來解除緊張、不安的情緒。

實際上，一天當中都未曾笑過一回的人，除非離群索居，否則等於生命根本不存在！

其實，任何人、任何個性都有其滑稽的一面，也都有展現幽默的本錢，就像哆啦A夢裡膽小的小夫、霸氣的胖虎一樣，他們雖然不是「乖小孩」的好榜樣，但實際上已經展現有趣的本質，達到取悅大眾的目的了。

更正確地說，任何想要快樂的人，都可以隨時搞笑，只要你不斷收集笑話方面的資料，使風趣的內容不時存活於腦海之中，待適當時機發表出來，您就可以成為一名「愛說笑」的高手。

愛車排名

男人最喜歡的「車」勁爆榜中榜：

第一名：不必補票的「公車」。

第二名：電子「花車」。

第三名：老漢「推車」。

操之過急

話說有個又瘦、又矮的醜男，在很不小心的情況下，幸運地救到了一個仙女。

仙女為了答謝他的恩情，便給了他三個願望，等待他日後去實現。

一日，醜男走在大街上，突然看到「滑一跤」先生的立委競選海報，於是便許下了第一個願望：「我要和他一樣高大挺拔！」

只隱約聽見「啪！」地一聲，醜男旋身一變，果然成為一名大帥哥。

（路上的美眉，無不投以思慕的眼光。）

接著，他又看到了「比爾蓋茲」的商業海報。「我要和他一樣有錢！」於是，醜男再度禱告——

只聽見「砰」地幾聲巨響，數十箱裝滿百元美金的大箱子從天而降——立即嚇死不少心臟不好的路人。

醜男這下可得意了，繼續在街上狂笑踱步，任憑路人如何搬走他的錢，他都毫不在乎。

突然之間，他看到有人在騎馬，心想：「我要和牠的那個一樣大！」

於是，又偷偷地許下了第三個願望——

只隱約聽見「咻」地一聲，沒想到——沒想到他的小寶貝，旋即消失不見了。

原來他所指的那匹馬是母的！

兩洞之間

一名歡場女子陪一位富豪去打高爾夫球——

結果，歡場女子被蚊子叮了，頓時覺得奇癢難耐，便跟富豪說：「我

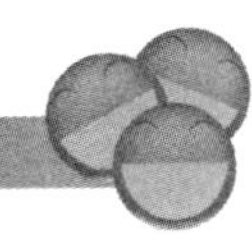

好癢喲！可不可以不要打了！快去飯店裡休息？」

富豪問她：「哪裡被叮到？」

歡場女子：「應該在第一洞和第二洞之間啦！」

富豪想了想，一本正經地對她說：「嗯！我早說過了嘛！打高爾夫球時，雙腿絕不能站得那麼開！」

KTV

有一天有一群人去唱歌，其中有個人太晚到了，以致於點的歌在很後面，他又不好意思插歌，所以就等啊等啊等。

等了將近兩個小時，終於……他的歌出來了，說時遲那時快他看到隔壁放了一支麥克風，他就伸手把麥克風抓了過來，但是……麥克風線被他隔壁的腳踩住了，他就很緊張！！！！（因為第一段字幕已經出來了）邊拉線邊大喊：「喂！！！腳（ㄎㄚ）！！！！！腳（ㄎㄚ）！！！！！腳（ㄎㄚ）啦！！！！（台語：ㄎㄚ）」

隔壁的聽到後，就說：「喔，ㄎㄚ喔！」就把歌、ㄎㄚ、掉、了……

笑是人類的權利

人類是「感情」的動物，在思維上擁有無限的想像能力，因此，「笑的內容」自然豐富而多樣。

笑是一種帶有「快感」的生理反應，是人類的主要特質，更正確地說：人類是「笑」的動物！

是的。人類很會笑——平常人，一天下來總會發笑個三、四次，同時，也樂見他人露出笑容。

這世上為什麼會有那麼多瘋子？恐怕是因為笑得太過「誇張」所致吧！我想。笑的原因如下：

刺激身體所引發的笑——胳膊腋下、腳底、乳頭、腰際是「癢酥酥」之所在。有被刺激過的人，自然不難體會。

言語作用所引發的笑——一見如故的朋友，或是剛剛發展戀情的愛侶，總是特別容易因為一句話，而樂不可支。

重大事件所引發的笑——譬如：勝選、高中、發獎金、撿到皮包、颱風之夜、看到他人發生災難……等等，人們便會偷偷地發出這種笑。

歇斯底里所引發的笑——這是一種屬於「傻笑」的狀態，也就是腦皮質自律神經機能喪失或失控的人所發出的笑，這種笑通常一發不可收拾，甚至有可能被送進精神病院。

有趣現象所引發的笑——比方說，看到幽默喜劇片、欣賞馬戲團小丑表演、碰到滑稽的人物……等等，難免就會發出爆笑聲。另外，無意識狀

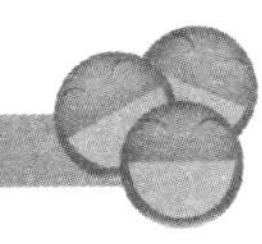

態的動作也最容易引起大夥兒捧腹大笑，譬如：踩到狗屎、坐空椅子、俏皮話……等等做盡怪態之能事。

幹部守則

一、苦幹實幹──白天幹不完，晚上再幹。

二、東混西混──你不混我混，一帆風順。

三、幹部幹部──工作給下屬，吃飽散步。

漁夫與貓

母親：「你們已學了生物學，可知道魚為什麼只能生活在水中，而無法生存於陸地？」

女兒：「因為陸地上有漁夫啊！」

兒子：「不對！因為陸地上有貓咪。」

有代溝

某日，在醫院裡——

女護士：「你第一次來嗎？阿公仔！」

阿公：「對啦！頭一擺來這！」

女護士：「阿公仔！你要先掛號哦！」

阿公：「但是我不識字，妳幫我寫好嗎？」

女護士：「好啊！那——你叫啥名？」

阿公：「瞿奉淦！」

女護士：「我是問你叫啥名啦！不要說髒話好不好？」

阿公：「妳這查某哪せ這番？瞿奉淦啦！」

女護士：「你這個『不似鬼』，哪せ直直譙人啦！我會趕你出去喔！」

阿公也發火了：「啊——啊就叫瞿奉淦啦！妳——妳這查某是咧大聲啥小啦？幹！」

老公外遇

甲婦：「如果妳的老公有外遇，妳會怎麼樣？」

乙婦：「我會睜一隻眼，閉一隻眼。」

甲婦：「喔！妳這麼大方！」

乙婦：「不，我是要用槍瞄準他。」

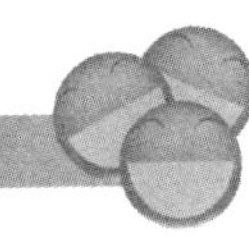

好冷啊

一個男生約了心儀的女孩上山看夜景，萬家燈火，甚是美麗，此時一陣涼風吹來。男的低頭問：「妳冷不冷？」

女孩心想他真體貼，並回答：「不冷！謝謝！」

男孩說：「那妳外套可不可以脫下來給我穿，我好冷喔！」

還好

有一個女的和一個男的去山上看夜景約會，那天晚上很冷，女的故意沒穿外套，想給男的有表現的機會。

女：「今天好冷喔！我忘了穿外套了（滿心期待）。」

男（拉緊衣服）：「還好還好，我有記得穿，否則真的會跟妳一樣，冷死了！（露出滿足的笑容）」

女……

笑是健康的展現

人類生命的延續，端賴不停地呼吸，假若身體有異樣，呼吸的節奏就不會正常。

「笑」乃是一種急劇的呼吸運動，其特性是強烈而短促的，當我們發笑時，胸部因空氣之膨脹而使血液循環得以加速。換言之，經常開懷大笑的人，肺部會特別強壯，身體機能自然更活躍、更健康。

笑會增進身體的健康，此乃不爭的事實！這也就是為什麼「幽默的人物」大都能長命百歲的主因。

一個老是不開心的人，吸氣短促而零亂，無法引起胸部的擴大與收縮運動，若長久下去，恐怕會對自己的身體造成傷害。

笑是具有連鎖效應的，可以傳染給周遭的人，使相處氣氛變得融洽。所謂「一笑解千愁」，縱使在「作秀」的場合，或緊張、對立的情況下，「親切的笑容」多少可以化解敵意。

當然，如果你本身是個製造幽默的高手，或是喜歡說笑話的人，那就更妙了。

因為「逗人發笑」等於幫助他人化解壓力和苦悶，間接達到「健康」的效果，絕對是一種「善事」。

笑容是最佳的「美容法」，可讓自己展現清爽、愉悅的容顏，帶給別人快樂的美感——即使花再多的錢添購化妝品、美容護膚品，卻總是板著一副不悅的長臉，則又如何給人留下美好的印象，如何使人際關係達到和

諧，成為出眾的人物呢？

實際上，醫學上業已證實：防止老化、延年益壽的最佳方法，無疑是「笑口常開」！

風趣的笑話，絕對會帶給人們更健康、更美麗的生命。

D的服務

一名考古學家，隻身前往非洲探險，卻很不幸地被當地的土著逮捕，那人只好跪地求饒——

酋長問：「你是哪一國的人？」

考古學家答：「俄羅斯。」

酋長：「哦！那一定很會玩俄羅斯輪盤的遊戲囉？」

考古學家心想：難道這群土著已經文明到知道使用「槍」這玩意兒了嗎？

稍後，酋長找來四位參加非洲選美大賽陪榜的美女，並且對考古學家說：「她們之中有一人專精『口』的服務，你自己好好地選一個吧！」

考古學家大喜：「好ㄚ！好ㄚ！哪有這麼好康A代誌？」

豈料，那酋長緊接著說：「因為她是食人族。」

誰稀罕

某日，小木偶的女友終於對他說：

「我再不要跟你做愛了！因為每次抽送過程中，你的木屑都會戳到我，很痛ㄝ！你知不知道？」

傷心至極的小木偶，只好去找老木匠想辦法。

老木匠對他說：「這很簡單嘛，工欲善其事，必先利其器，你只要經常保養自己就可以了！」

於是，老木匠給他一張砂紙。

幾日之後，老木匠和小木偶在街上不期而遇，老木匠就問小木偶說：「上次教你的方法不錯吧？你的女朋友有沒有很滿意？」

「拜託！自從有了那種東西，誰還稀罕女友的幫忙！」小木偶如是說。

城市鄉巴佬

有個鄉下農夫獨自進城看電影——

他買了票之後，走進戲院，可是過了一會兒，竟氣咻咻地走出來，又買了一張票進場。

售票小姐雖然覺得很奇怪，但還是將票賣給他。

結果，沒過三十秒鐘，那鄉下農夫又抓狂似地跑了出來，再向售票小姐買票。

這次，售票小姐終於忍不住地

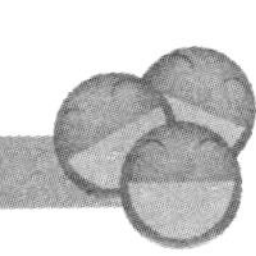

問：「喂！你的頭殼壞去是不是？我不是已經賣票給你了嗎？為什麼要一買再買？」

鄉下農夫非常憤怒地答道：「我那ㄝ知影？我每次要走進去，就被一個肥肥的小姐攔住，她不但將我手中的票奪去，還將它撕毀，然後再把垃圾塞還給我。幹！我兒子說得一點也沒錯，台北人都有夠現實、有夠歹鬥陣ㄝ啦！這款失德的代誌她也做得出來——」

319 兇手

某甲看完報紙，不解的問某乙：「這兩隻象真的有可能是兇手嗎？」

某乙一看，報紙的標題是：319槍擊案，逮到一對象。

只差你了

有一個富翁請了全國最好的建築師來給自己建造大墓園。

三年之後，大富翁問建築師：「工程進行的怎樣了？」

「差不多了。」

「還差什麼呢？」

「只差你了。」

蜘蛛人是什麼顏色的？

紅色？

不對！

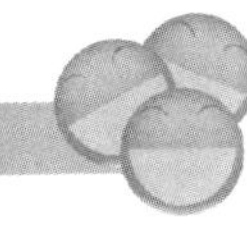

答案是白色！因為……

Spi-der-man（是—白—的—人）

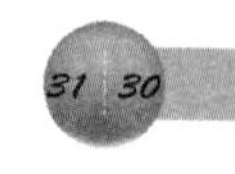

笑容使人更親近

與人交往，重點在於「誠信」二字，若能讓對方產生「你這個人值得信賴喲！」的想法，那麼，彼此的友誼便會更加堅固。

交談時面帶笑容，努力而認真地聽對方說話，誠然是社交上不可忽略的基本禮儀，也是博取信任的有效方法。但是，這樣的笑容必須適時得體，如果反覆不停地討好他人，刻意流露偽善的笑容（皮笑肉不笑），反而會被冠上「奉承的阿諛者」的帽子。

在工商業日益競爭、失業率節節攀升的今天，台灣人的臉部表情，似乎有越來越深沉、越來越呆板的趨勢，而容易為芝麻小事緊張，臉部毫無

笑容，當然會給人一種「自私」的印象，相對影響友誼的建立。

日本人的哈腰鞠躬行禮，看起來雖然比較濫情，但和台灣人的冷漠一做比較，莫名而無意義的笑，還是顯得高尚許多。

笑，依個人感受程度而出現不同深度的表情，假若能高明地應用各種不同的表情，必然能拉近人與人之間的疏離感，增進人際關係。

美國有個小鎮，鎮長自行訂定一項法規：假如他人對你微笑，而你不以笑臉回敬的話，就必須處五十元罰金！

天吶！這是多麼有趣的法規呀！對於他人的微笑，絕對不能置之不理，不然就得受罰——實際上，這個擁有「微笑之都」美譽的小鎮，自從有了這項規定後，鎮民更加守法，也更加團結了。

「微笑面對人生！」

長久以來，筆者也盡量以如此信念要求自己，多展現笑容，多搜集笑話、製造笑話，使周圍人士無不感染「笑」的氣息，讓大家的生命更有意思。

近視眼

大雄：「驗光師，我要檢查視力。」

驗光師：「你覺得剛剛引領你進來的那位小姐漂亮嗎？」

大雄猶豫了一下，說：「的確長得還不錯啦！」

驗光師：「嗯——你跟我尚未調整視力以前一樣——患有非常嚴重的近視眼喔！」

波斯貓

有三隻老鼠在酒吧裡相遇——

第一隻老鼠喝了一杯伏特加之後說：「我家主人設置的捕鼠器，老子根本不把它放在眼裡！更正確地說，我總是把那上面的食物幹掉，再拿捕鼠器來練習臂力！」

第二隻老鼠聽了之後說：「給你拍拍手，為你加加油！」然後，不以為意地喝完手中那瓶可樂娜。

第三隻老鼠也把手上的那杯伏特加一飲而盡，且不甘示弱地表示：「我都把我家主人放的老鼠藥磨成細粉，當作古柯鹼來吸，味道還不錯哩！」

第二隻老鼠聽完後，又一口氣幹掉了第二瓶可樂娜，然後把酒瓶扔給侍者，欲轉身離去。

「ㄟ！老兄！再多聊一會兒吧！還這麼早，幹嘛急著走呢？」

只見牠轉過身來說：「對不起，時間到了，我必須回家上我主人所養的那隻波斯貓！」

陷得太深

有對十分前衛的情侶，男的開著跑車載著女的在無人跡的馬路上狂飆——

女的向男的說：「如果你把車速開到兩百，我就把全身衣物脫個精光，好讓你更起勁！」

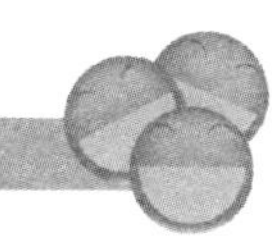

「那有什麼問題！」

男的猛踩油門，一口氣飆到兩百三。女的只好依照約定，把衣服脫光了。

然而，因為車速過快，結果意外翻車了——頓時，男的被卡在車內出不來，急切要求女的趕快去求救。

女的說：「可是我一絲不掛呀！」

於是，男的從車內丟出一隻鞋子，要她遮住重要部位。

女的將他的鞋子遮在重點部位後，隨即跑到附近一戶人家求助。

迎上前來的是一位十七、八歲的少年郎。女的上氣不接下氣地告訴他：「快來——救救我——我男友卡在裡面出不來了！」

少年望著女的下體前那隻鞋子發呆半晌，許久之後，才恢復神智說：

「哇！妳男朋友真的好猛喲！他是怎麼辦到的？未免也陷得太深了吧！」

三兄弟

有三位兄弟，老大叫閉嘴，老二叫禮貌，老三叫麻煩。

某日，他們三兄弟一起出門玩，突然發現老三不見了。於是老大就叫老二先到家裡等他，他先去報警。

到了警局，警察問他：「小朋友，你叫什麼名字呀？」

「閉嘴。」

「你叫啥名？」警察再問一次。

「我就說閉嘴了呀！」

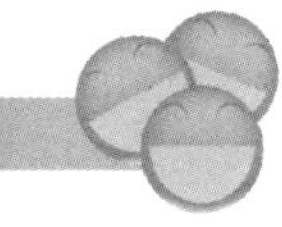

警察非常生氣。「你的禮貌到哪去了？」

「在家裡等我。」

「你是存心要來找麻煩的，是不是？」

「是呀！你怎麼知道？」

迎合對象來搞笑

前面曾經提及，笑話的使用方法依其時機和場合而有所差異，同樣的道理，因「對象」之不同，也該使用相異其趣的笑話。

笑話的對象，不妨事先設想以下幾種差異：

- 男女有別。
- 年齡差距。
- 社會歷練之不同。
- 個人成就與地位。
- 個人的基本性格或價值觀。

● 個人的品德與操守。

事實上，對任何人均可適用的笑話，並非沒有，而是——如果對任何對象皆使用同一笑話，那豈不是太牽強了些？

張三會感到拍案叫絕，聽在李四耳裡，或許一點效果也沒有，切記聽眾本身是有差異性的，如果把聽眾一視同仁的話，極可能會敗興而歸。

最容易陳述笑話的聽眾，無疑是那些經常接觸的同學、朋友及親人，面對這類族群，您當然可以不假思索地開開玩笑，即使講到得意忘形，甚至有所冒犯之處，亦不會被「計較」或「吐槽」。但，假若對方是自己的老師、老闆、身分較為特殊之人，你就不可隨心所欲、大放厥詞了。

因為，遇上這種談話對象時，一些無聊的言論，低級的詞彙，恐怕會招來白眼，應當懂得避開。

在長輩面前，上司面前，言論尺度最好有所節制，也不要光你一個人講，否則均會造成「失禮」行為。

「投其所好」是與聽眾建立良好關係的第一步，這類的談話能夠引發對方交談的興趣，然後在交談之中，摻入有關的笑話題材，效果自然最好。

所謂：見人說人話，見鬼說鬼話！按照每個人性格之不同，分別運用不同的笑話，也顯得十分重要。

● 性格開朗的人——所講的笑話即使稍有得罪，他（她）照樣哈哈大笑。

● 性格陰沉之人——所講的笑話要有分寸，否則——他（她）可是會記恨的喲！

● 神經質的傢伙——雖然聽笑話時面帶笑容，其實——他（她）的內心正在嘀咕些什麼呢！

如果，自己辛辛苦苦、千方百計所釋放出來的笑話，無法引起共鳴，無法誘人發笑，甚至遭到聽眾所曲解，那麼，只能怪自己不懂得幽默的方法了。

急也沒用

有個講師，平常授課時老愛開黃腔——

一群女學生已經受夠了，決定若該講師今日再那麼口無遮攔的話，她們便要向教務主任告狀。

上課鈴聲響起，講師又喜孜孜、色瞇瞇的步入教室，然後攤開隨手攜帶的地圖說：「各位同學，看到沒有，就是這個國家啦！住在這地方的土著，據瞭解，因為保有人類最原始的動物性格，因此，他們每年的性交頻率高達四百七十九次，居世界之冠不說！更難能可貴的是這裡的男性土著的陰莖，至少都擁有一尺以上的實力——。」

聽到這一席話後，那群女同學紛紛站了起來，二話不說，便朝教室門口走去——

「喂！別那麼急著走嘛！」沒想到，講師竟然一本正經地說：「那地

方尚未開發，飛機無法抵達，妳們急有什麼用呢？」

誰嚇誰

小新到精神病院當義工，發現其中一人，從早到晚，無論晴天或雨天，總是撐著一把花洋傘，蹲在院旁那棵榕樹下。

某天，小新心血來潮，也學他拿把傘蹲在那裡，但是，過了三個多鐘頭，小新再也受不了了，於是準備離去──

這時，那位精神病患總算開口說話：「ㄟ！你不也是一朵香菇嗎？香菇怎麼會走動？你別嚇死我！」

小褲褲

花子和志村是從小玩在一塊兒的青梅竹馬——

某日，志村叫花子爬樹給他看，花子就爬了。

回家後，花子告訴她媽媽：「志村叫我爬樹。」

「妳好笨！志村是想偷看妳的小褲褲啦！以後不准！記住了嗎？」她媽媽氣壞了。

「記住了！」花子點頭示意。

過沒幾天，花子回家跟她媽媽說：「志村今天又叫我去爬樹了，我還是爬了！」

她媽媽很生氣地說：「不是叫妳不可以再爬樹嗎？」

花子得意洋洋地回答：「報告媽媽！我沒妳想像中那麼笨哪！在爬樹

之前，我早把小褲褲先脫掉了！」

馬桶壞了

小剛結婚的那一天問他爸爸：「老爸，要怎樣才能把小孩生下？」

他老爸想了想，以最簡潔的語氣對他說：「記住，只要每天晚上用你最硬的部分去撞你老婆尿尿之所在，保證很快就會成功！」

第二日，他老爸發現廁所內的馬桶被打破了，於是大聲嚷嚷：「小剛！小剛！馬桶怎麼壞了呀？」

這時，只見她媳婦從房內急步走出來說：「他昨天夜裡頭撞傷了，現在還在床上呻吟喊痛呢！」

阿婆坐捷運

某一天我去搭捷運，當時捷運的門快關了，只見一位老阿婆快速的走進去，一會兒又快速的衝出來，這時那一位老阿婆突然說了一句：「吼！我就知道，超載！」（捷運門關時，不是會嗶、嗶、嗶嗎？）

笑話高手的妙處

待人處世的指導原則，除了「設身處地」為他人著想外，能把歡笑帶給對方，顯然也是人際關係新法則中不可或缺的要求。

想想看，生活中若只存在私慾、嫉妒、憤怒和苦難，人生又有什麼意義呢？

根據筆者的觀察與整理，成為一名頂尖的笑話高手，至少可以得到下列的好處：

- 上司賞識你（妳）。
- 同事協助你（妳）。

- 別人重視你（妳）。
- 情人更愛你（妳）。
- 長輩讚美你（妳）。
- 敵人饒恕你（妳）。
- 孩子崇拜你（妳）。
- 客戶找上你（妳）。
- 朋友喜歡你（妳）。
- 部屬信賴你（妳）。
- 上帝照顧你（妳）。
- 家人需要你（妳）。
- 健康伴隨你（妳）。

●長壽跟定你（妳）。

人生旅途中，誰不會面對挫折與險阻？誰不曾鬱悶與困頓？若能以「樂觀」的心態、「風趣」的精神，來面對酸甜苦辣的人生，再怎麼無趣的人，相信都會被你的妙語如珠所感動。

有道是：妙語在身旁，快樂是天堂！

此話一點也不假！

人生七「ㄨˋ」

●結婚——是一種錯誤。

●離婚——是一種覺悟。

● 懷孕——是一種失誤。

● 沒結婚又惹人厭——是一種廢物。

● 離婚又結婚——是執迷不悟。

● 結婚又有外遇——是天生尤物。

● 婚後又有外遇又生小孩——是可惡。

酒鬼與神父

一名長得很像「酒桶」的中年男人上了一輛公車。他就坐在一名神父的隔壁——

神父看起來紅光滿面，和藹可親；中年男子看起來滿腦穢氣，而且頸

上還留著幾片女人的鮮紅唇印——二人形成強烈的對比。

那中年人果然是個酒鬼，隨即從口袋裡掏出一瓶酒來喝，然後一邊閱讀報紙。

過了一會兒，那酒鬼問神父：「神父，您知道得關節炎的主要原因嗎？」

「當然知道！」神父不假思索就說：「凡是酗酒、日夜生活顛倒、與妓女鬼混——等等浪費生命的人，都會引發關節炎。」

「噢！」酒鬼點點頭，喃喃自語：「我就知道！」

神父搖搖頭說：「也許我不應該說得這麼直接啦！不過，先生！我說這些只是希望你能自重，你患關節炎多久了？」

酒鬼說：「不是我！我沒得關節炎，只是看到報紙上寫說教宗得了關節炎，所以才隨便問問的，唉！世風日下，沒想到教宗的生活原來是那樣不檢點呀！」

「這——」神父啞口無言。

木偶奇遇記

話說白雪公主與白馬王子結婚之後，原本打算過著幸福美滿的日子，但在這之前，白雪公主有「七矮人」從旁服侍，因此，她對白馬王子的需索，也就不是一般人所能應付的——

有鑑於白雪公主在慾求方面的不滿，白馬王子只好找「小木偶」來幫忙了。

小木偶來到白雪公主的寢宮後，果然依照自己的專長，表現得棒透了——每當白雪公主掀起裙襬，小木偶的鼻子就會欺身向前，然後根據白雪公主的指令做動作。

「說謊話！說實話！說謊話！說實話！快說謊話！快說實話……快啊！」

沒屁眼

一名地球人邀一名外星人到非常豪華、高格調的餐廳共進晚餐——席間，外星人不斷發出「Pui Pui」的聲音，並且吐出口水來。

地球人：「喂！你再吐的話！不僅我會生氣，其他用餐者也會看不過去的喲！」

「Pui Pui。」外星人依舊我行我素。

地球人：「你敢再吐的話，老娘我可就真的要打你的屁屁喔！」

「嘻嘻嘻！我沒有屁眼可打啦！打不到，妳打不到！」

「騙肖ㄝ！那你怎麼大便的？」

外星人：「就像現在這樣，Pui Pui。」

大學聯招

90年度大學聯招國文試題：「子曰：汝父吾久未贊汝，汝不知吾之覆著幾番唉！」

翻譯解答……爸我很久沒踹你了，你是不知道我鞋子穿幾號喔！

簡潔有趣的笑料

「笑話題材」從哪裡來呢？我想，絕大多數人一定會說：笑話書嘛！

其實不然——因為，絕大多數的笑話書，都無法充分提供我們所需要的風趣與幽默（註：本書除外），根據調查，市面上笑話書（尤其是外文直接翻譯的那種）有百分之七十五以上的內容，都會讓人覺得一點也不好笑。這些笑話若不是濫竽充數，就是不適合自己講述給他人聽——總之，很難派上用場。

因此，笑話題材的搜集，應該從自己日常的生活中去體會，從自己的記憶中去翻找。

回想一下自己的童年、學生時代、工作場合、任何聚會……所有看過、想過、遇過的有趣內容或事件，逐一記錄下來。

這是一件日積月累的持久性作業！

但是，只要持之以恆，多看、多聽、多想和他人聊天時的話題或趣事，再透過自己的理解，便能成為自己幽默時的基本素材。

然後，選擇在適當場合中發表自己的笑話，切記！一次不必講太多，只求循序漸進地說出一些妙言、酷語，當自己的表現逐漸穩健，再慢慢增加自己說笑話的次數與份量。

事實上，講太多的笑話，或不斷地逗人發笑，可能會自暴其短，破壞自己原先所贏得的優勢或主導地位——最有效率的笑話或有趣的言語，是那種「一針見血」、「乾淨俐落」的幽默，而非滔滔不絕、不斷賣弄、冗

長而無內涵的低級趣味。

簡潔、有力、風趣的笑話最會讓人發笑——而當大夥兒正樂不可支的時候，一個聰明的笑話高手，就該懂得停止話題、就該懂得率性地離開——總之，不要錯失該結束的契機；別讓「冗長的搞笑」成為倒人胃口的耍寶。

身兼二職

我最近和堂哥去參加他朋友的一個婚禮——

敬酒時，那個新郎倌說：「爾後——我白天幹憲兵，晚上幹警察，身兼二職，不知道會不會累垮喲！」

登時，全桌的人都笑鬧成一團，唯獨我不明所以。

返家途中，我問堂哥這究竟是怎麼一回事，這才知道，原來——新郎的職業是憲兵，新娘的職業是警察——唉！我實在笨得可以！

吃螺絲

氣象播報人員：親愛的全國軍民同胞，我是老包，又到了氣象預報的時間了，今日的天氣，可說晴時多雲偶陣雨，北部山區，午後會有大雷雨，外出踏青的民眾最好攜帶雨具，以備不時之需。南部地區豔陽高照，天氣好的不得了，但紫外線指數偏高，外出的民眾不要忘了把陽具帶好。

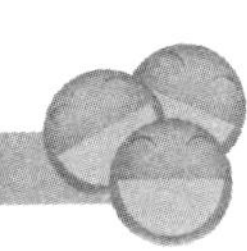

記住車號

一對從事直銷推廣生意的夫婦，在拜訪客戶後走出門口，竟恰巧撞見竊賊把他們的愛車開走——

「唉！我們晚到了一步，沒看清楚他們的長相！」老婆氣得直跺腳。

「沒關係啦！我告訴妳一個好消息，我剛剛已經把那部車的車牌號碼記下了喲！」笨老公悠哉悠哉地說。

打架

某天，一名高中女生帶她的弟弟去逛街，

走在路上時恰巧看見兩隻狗在路旁辦事——

弟弟好奇地問：「那兩隻狗在幹嘛呀？」

高中女生難為情地說：「唉！牠們在打架啦！沒什麼好看的，我們快走。」

這時，一旁有個高中男生，正看得出神，聽到這句話後，不禁大笑不已。

高中女生見狀，很不屑地對他說：「ㄟ！笑什麼笑？真不要臉！」

豈料，那高中的男生答一句：「怎樣？莫非妳想跟我打架？」

嚴重D音

有一天，一位部長和王記，他們正在通話中，由於他們都是大陸人，所以都有一種嚴重的口音。

鈴鈴鈴！

部長拿起電話說：「喂！你是誰呀？」

王記說：「我忘記啦！」（王記）

部長說：「咦？什麼？」

王記以為事隔多年，部長已經忘記他了，就腦羞成怒的反問他說：「那你是誰啊？」

部長說：「我就是不講！」（部長）

兩人就不約而同的掛下了那通莫名其妙的電話。

抓住自己的風格

前面說過，從日常生活中取得幽默的題材，其實一點也不困難，然而，將這些幽默的材料很技巧的應用，還是有待平時多加注意客觀環境的變化，勤於練習，否則在社交上所能發揮的效果，畢竟十分有限。

那麼，如何一展自己的幽默才華，或從何處開始訓練呢？

首先，您必須明白每個人的資質、性格均不相同，因此，每個人只能發展一套最適合自身風格的談笑方式。換言之，無法充分應用符合自己個性的幽默，便不能獲得理想的「笑」果。

有的人讓大家望一眼就能清楚知道他全身充滿喜感，有些人則不管左

看、右看、上看、下看，均找不著一絲玩笑或逗趣的細胞。情況就是這樣。

更廣義來說，使用「相同的幽默」要讓性格迥異的兩個人來詮釋，自然無法產生「一致」的效果。

應當按照各人的特長來發揮獨特風格的喜感，這才是成為幽默一族最可行的途徑！

倘若談話技巧拙劣，應該選擇豐富的、幽默的內容來取勝他人，而最根本的方法，便是平時努力搜集有趣的談笑題材，且適時練習與應用。

一般而言，深覺自己講話技巧拙劣之人，平時都是不苟言笑的，他們總是這樣以為：

「唉呀！我對自己的說話技巧沒什麼信心，根本就無法成為幽默的傢伙啦！」

其實，這一點似乎不必過度擔心——平時給人家「啞巴蛋」印象的人，假若偶爾脫口說出一句幽默的話，反而更容易讓聽者拍案叫絕，至於成天笑臉迎人的傢伙，講同樣的幽默或許效果就沒那麼好了。

更正確地說，平時真真切切、一絲不苟的人講起好笑的事情，反而深植人心，讓大夥兒聽起來更覺得可笑之至哩！

請回想一下自己的學生時代吧！那些經常製造詼諧笑話的同學，他們的幽默到底有沒有讓你留下很深刻的印象呢？反倒是那幾個呆板、嚴肅的同學，在偶然機會中所釋放出來的笑話，讓人永遠印記在心。對不對？

所以，平時不愛談天說笑的傢伙，若在嚴肅模樣的狀態下突然來個幽默，亦可獲得異常好的「笑」果——基於這樣的信念，認為自己說話技巧

拙劣之人，大可不必氣餒！

最怕的是那種「未說而先笑」的傢伙，這樣，很可能會讓大家無法察覺可笑之處，進而給予笑聲或掌聲。

大學女生

- 大一的女生——好似「足球」，二十個搶一個。
- 大二的女生——好似「棒球」，九個搶一個。
- 大三的女生——好似「桌球」，兩個搶一個。
- 大四的女生——好似「躲避球」，人人喊躲。
- 大五以上的女生——好似「保齡球」，一個打九個，卻常常洗溝。

兩隻跳蚤

有兩隻跳蚤，一隻叫小黑，一隻叫小白，牠們在一位裸睡的女人身上進行探險——

牠們先越過了兩座粉紅色的山峰，然後，順勢經過一處窪地，最後抵達一處黑森林，並發現樹林盡頭有座神秘至極的山洞，洞外山岳嶙峋，洞內溪水潺潺，顯然別有洞天。

但為了安全著想，小黑命令其部下小白，負責在外面把風，自己則隻身闖進，希望一探究竟——

怎知，當牠走到洞裡的最深處，發現左右各有一條道路，正猶豫不知先走哪一條時，後面有條巨大的蟒蛇突然直撲而來，迫使小黑不得不將自己的身子緊貼在最底層的牆面凹處，以躲避巨蟒的偷襲——

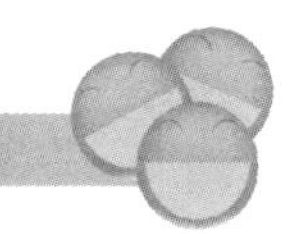

這樣，巨蟒來回進攻數十回，始終無法將小黑擒下，這才張開大嘴對小黑吐了一身的唾液，然後喪氣似地拖著疲累的身軀緩緩離去。

有驚無險的小黑，趕緊自洞內跑出。

「小白，你他媽的搞什麼飛機啊？有蟒蛇來也不快知會我一聲，害我差點命喪在那個神秘的黑洞裡你知不知道？」

這時，只見小白從樹叢深處一拐一拐地走出來，並且極力搖頭解釋說：「可是我連叫你都來不及，就已經被兩顆巨大無比的躲避球硬是給撞昏過去了呀！」

誰比較腫

三個小男生在教室裡聊天——

甲：「我媽媽昨天被蚊子叮到，整個鼻子都腫起來了耶！」

乙：「那有什麼好稀奇的，我爸爸上個禮拜被虎頭蜂叮到，整隻手臂都腫起來了！」

丙：「幾個月前——我姊姊被隔壁的王哥哥叮到，現在——她整個肚子都腫起來了啦！」

斷電事件

兩對夫妻結伴出遊，當晚下榻在一間郊區的旅店。而這兩個丈夫都很

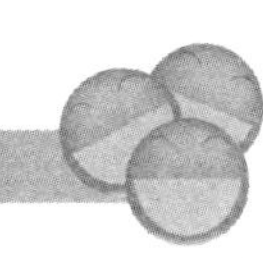

愛喝酒，他們便在旅店附設的酒吧裡「拼酒」。直到凌晨兩點多，旅店突然發生「斷電」，二人這才各自拖著酩酊大醉的軀體，摸黑回到房中。

其中一位丈夫是某教派的虔誠教徒，在上床與妻子做愛前，必定會先跪在地上向上蒼禱告一番，這晚也不例外。當他禱告完畢，正準備上床「應戰」之際，斷了電的電燈竟重放光明——

這時，他嚇了一大跳，原來，床上所躺著的女人不是他的老婆，而是朋友的妻子——一切錯誤皆導因於走錯了房間——而他的朋友想必此時也一定在自己的房間裡。

他急了！趕緊穿上衣服，準備速速回到自己的房間去。豈料——

朋友之妻開口說道：「不必了！一切都來不及了，因為我先生酒後一向亂性，只會『霸王硬上弓』，且從不做禱告！」

麥克風

青康藏高原一處深山裡，住著一對相依為命，幾乎與世隔絕的母女——

她們過著簡樸的狩獵生活，許多現代化的電器產品都從未見過。

有一天，她母親不小心射殺了一個長得很像「無尾熊」的公安，而遭到逮捕，且關在監牢之中。

時序進入五月的第二個禮拜，眼看母親節將至，女兒相當懸念她的母親，便前去請求典獄長能讓她們母女倆會一會。

典獄長說：「國有國法，家有家規，殺人是重罪，見面是不可能的，不過，我可以拿錄音機讓妳錄一段話，然後再轉交妳的母親聽。」

「好啊！這也挺好的！」女兒連聲表示感謝。

但這時，典獄長竟又露出淫穢的奸笑說：「無論如何，妳得先幫我做一件事。」

典獄長說完，隨即將自己的褲子脫掉，並呼喚她到自己的跟前來——

女兒見狀，大喜，於是快步向前，雙手用力「按住」那支棒狀物，激動地高聲吶喊：「媽媽！媽媽！我是珠兒啊！祝妳母親節快樂！」

名片

一個財務專業顧問收到新印的名片後，氣急敗壞地打電話向印刷廠抗議……

「你們搞什麼鬼？我的名片印成『專業顧門』，少了一個口啦！」

「對不起對不起，我們馬上幫您重印！」

數日後，重新印的名片寄來了……

上面頭銜印著「專業顧門口」！

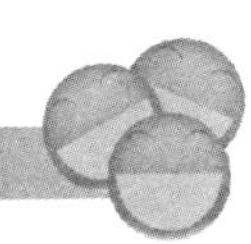

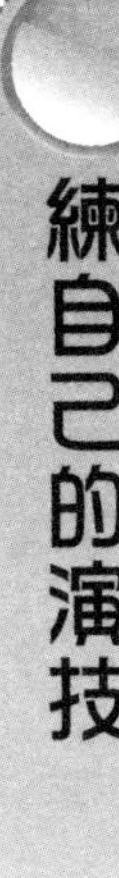

練自己的演技

美麗的女人、可愛的女人、英俊的男人、瀟灑的男人——這些人不一定是人群中最受歡迎的；反倒是那些幽默風趣的人、樂觀開朗的人、隨和寬容的人——最耐與人相處，常是擁有「人氣票房」的保證。

有些人，特別擅長捕捉人性，特別善於營造情境，他們不是「愛講話」，而是「會講話」；在關鍵時刻，隨口就能說出一些「很有道理又充滿風趣」的笑話來，因而令人留下深刻的印象。

而所謂「幽默風趣」的表達，絕對是需要練習的！

假若，我們覺得某些笑話是適合自己來說的，就必須找個環境，痛快淋漓地講出來，哪怕是一條無人出入的小徑，一個鳥不生蛋的山洞，或是面對曾有人自殺過的古井。光是存放在心中默想，腦海中演練，都是不切實際且無濟於事的。

必須勇敢而大聲地把它講出來！

因為，在心中默唸，在腦海中想像，總誤以為自己可以說得很好笑，但在實際場合表現出來時，將會完全走樣也未可知。

除非曾經練習講過，否則，我們怎麼知道成效為何？

接下來，我們還要「有信心」地講給周遭較為親近的朋友聽，看看他們的反應，如果聽者笑得人仰馬翻，即表示你成功了。萬一沒人笑，或不知道故事的什麼部分值得笑，那麼，你便必須修改某部分的內容，某部分的表演方式，甚至就此放棄該則笑話。

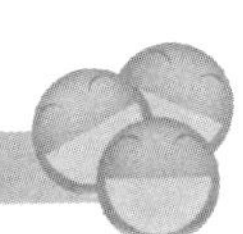

其實，並非所有笑話都適合我們去詮釋，因為，有些故事內容的確需擁有「特殊風格」的人才能表現透徹，這牽涉到表演者本身的演技、背景、眼神、語詞、會話能力等等。

更正確地說，因為個人的能力有限，所以必須事先瞭解哪些題材，哪些表演方式才適合自己去表現——有些笑話需要配合誇張的動作，有些笑話需要忍俊不禁地陳述，有些笑話則必須摻雜粗俗的字眼……。

當你覺得自己講該則笑話時，可能會非常彆扭，或深怕說服力不夠時，你就必須打住（為了「藏拙」）和放棄。

選擇適合自己風格的笑話題材，才會使自己的表現不致拖泥帶水，進而達到盡善盡美之境。

幽默笑話的表現——不管是讓聽者呵呵一笑、捧腹大笑，或是含著詭異的淚水，這一切都不是輕易就可達成的，而是必須經過精心的策劃與細心的鋪陳，然後加以引導，進而誘使聽眾陷入情境，產生強烈的共鳴。

換言之，即使有非常幽默的笑話題材，若未曾預習與演練，在表現時難保不會「灰頭土臉」的——因為，聽眾的反應是直接的、立即的，這其中當然包括現實的、殘酷的一面。

好笑就是好笑；不好笑就是不好笑嘛！

總而言之，差勁的笑話題材，可以藉由傑出的表現方式來彌補，但是，差勁的表現方式，卻會完全毀掉很好的笑話題材——我們如果想成為一名頂尖的「笑話高手」，應該在「演技」方面多下工夫才行。

施與受

一名新兵被分發到非常遙遠、鳥不生蛋的外島駐守——島上沒有女人，甚至連一張女人圖片也很難找到。新兵完全不擔心生活方面的問題，但對「那方面」的需求，卻與日俱增。

一日，新兵去找學長詢問他如何發洩，學長便帶他到後山，指著一個有洞的大木桶說：「你現在知道該如何解決了吧？」

新兵旋即回答：「瞭解瞭解，謝謝學長的關照！」

於是，當天晚上，新兵就在那裡「打野外」。

隔天下午，新兵找學長，「我今晚還想再去，可以嗎？」

學長查了查值班表，冷不防地對他說：「你當然要去囉！因為——今天晚上換你到大木桶裡值班嘛！」

餓昏了

俄羅斯有個推銷農藥的專員，某日，他到鄉下找上了一位老農夫——然而，無論他如何推銷產品，那老農夫均以經濟不景氣為由，始終不肯買。

在幾乎無計可施的情況下，這推銷員只好使出最後的殺手鐧，他說：「阿公仔，如果我現在脫光光，全身噴灑農藥，讓你綁在稻草人的身上，直到明天中午仍沒有被蟲咬的話，你就買我的農藥好不好？」

頓時，老農夫覺得這青年頗有志氣，所以就答應了他，還將他綁得十分牢靠——

第二天中午，老農夫依照約定來到田裡，結果發現：推銷員果然沒有被蟲咬，但是，他顯得疲累不堪，下體更是一塌糊塗。

推銷員這才有氣無力地說：「阿公仔，你的錢有夠難賺ㄛ，還有——你那三頭小牛的媽媽究竟跑去哪裡了呀？牠們都餓昏了，你知不知道啊？」

來不及了

有個傢伙患有嚴重的口吃，每次說話總是吞吞吐吐的，始終無法確切表達意念。

某日，他的情人再也受不了他的口吃，於是命令他去看醫生。

醫生診斷後對他說：「你的口吃其來有自，那就是因為你的老二太大條了，足足有三十公分長，非但影響你的步行，也影響了你的中樞神經，換言之，只要你接受手術，將那話兒切除掉二十公分左右的話，你口吃的毛病便可治癒了！」

他覺得醫生言之有理，便欣然接受陰莖切割手術。奇妙的是，他手術後，口吃之病果然不見了，說起話來變得順暢無比，他便很高興地去會見他的情人了。

情人看到他的口吃治好了，當然非常高興，於是當天晚上便留他過夜，做為獎賞。可是——

當他們翻雲覆雨時，他的情人卻絲毫無法得到一點滿足感。

情人於是對他說：「我覺得你還是以前那樣比較好，明天你再去拜託醫生幫你接回來吧！」

情人的命令，他哪敢不從，第二天一大早就去找那位醫生，期盼能把自己失去的部分再接回原來的樣子。

然而，醫師卻躺在病床上，且滿臉歉容地表示：「對──對不──不起啦！已──已──已經──你已經──來──來不──不及了！」

酒後驚魂

一場宴會後，一對父子到車站搭車，老爸突然抱怨：「這樓梯怎麼走個沒完！哇咧～扶手還那麼低！搞什麼呀……」

一旁的兒子：「爸！別鬧了，那是鐵軌，快上來啦！」

適度的自我解嘲

笑話的種類繁多，舉凡暴露的、情色的、揶揄的、抗議的、教訓的……

開門見山、侵略性質的話容易刺傷對方，破壞從此的情感，理論上非常不智。假若能用幽默的言語從旁推敲或表達，較易為對方所接受，不易反目成仇，反而可以轉敗為勝，成為主導的一方。

譬如，在乘坐電梯時放屁，當時若不敢承認，只會紅著臉不好意思，均屬於無能之人。如果能立刻說個詼諧、自我解嘲的笑話，整個氣氛自然得以改善，並且脫離尷尬。

「我今天想留下臉紅的禮物，所以才放的！」或是「好像不怎麼香耶！」……非常簡短的一句話，或能化解當時的窘境。

我有一位朋友，重達一百二十公斤，他經常以幽默的方法來解除自己的自卑。

如：「嘿！我比你們親切三倍左右，每當我搭乘公車，讓坐給老弱婦孺時，能夠一次讓出三位，你們能嗎？」

心理學家深信：在拓展人際關係時，若能滿足他人的需求，包容一切無心的侵犯，就可以維繫雙方圓滿的互動關係。

事實上，能夠以隨和、風趣來「包容他人」，擁有「自我解嘲」的態度和雅量，不但自己會得到快樂，和我們在一起的人，也會覺得無比幸福。

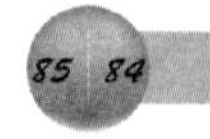

總之，適度的「嘲弄自己」，是「幽默學」上最安全的一種抒發，它所代表的是：一、不會觸怒他人。二、將歡笑傳送給大家。

失憶症

記者：「請問妳第一次當封面女郎或媒體模特兒是在哪個刊物上？」

女星：「對不起，我得了失憶症，忘了！」

攝影師代答：「是——在檳榔盒上！因為——我確實買過！」

三國誌

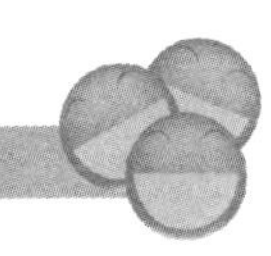

某日，三位不同國籍的男士相約去牛肉場看脫衣舞表演——舞女脫呀脫，身上只剩內褲和胸罩了，這時，美國人突然高聲吶喊：「美國國旗萬歲、萬萬歲！」——只因，那兩件小衣皆印有美國國旗。這突如其來的舉動，使坐在他旁邊的德國人和日本人覺得頗不是滋味。

接著，精彩的畫面出現了，舞女把胸罩脫去，渾圓的豪乳大刺刺地呈現，宛如兩顆紅紅的大太陽——「日本國國旗萬歲、萬萬歲！」日本人也不甘示弱地高喊著。

德國人看了之後，自是苦不堪言，頓時，心情黯淡無比——

但是，當這名舞女也把內褲脫掉時，德國人總算破涕為笑了——只見他高舉雙手吶喊：「希特勒！希特勒的鬍子萬歲、萬萬歲！」

排隊洗澡

一間公寓分租給多名男女學生，浴室共用，洗個澡都得排個大半天。

某天晚上，一名男同學從外頭回來，剛打完一場籃球的他，很想趕快去沖個涼，但浴室裡面正有個女同學在洗澡。

男同學開口問道：「同學，妳還要洗多久？」

女同學回答：「快洗好了啦！急什麼？」

男同學又問：「那妳的下面有沒有人洗？」

女同學生氣地答道：「我的下面自己會洗啦！干你何事？真倒楣，跟

一個大色狼同住一個屋簷下！」

「這──」男同學百口莫辯。

奶奶的生日

阿發是個西點麵包送貨員，某天，他送完生日蛋糕回來時，臉上竟出現一個血手印。

「阿發啊！你身上怎麼掛彩了？」老闆娘表示關切。

「報告老闆娘，今天是那女客戶的奶奶的生日啊，我將蛋糕送到她的住處後，一時間忘了奶奶的歲數，於是信口就問：妳奶奶多大啊？沒想到『ㄆㄧㄚ』地一聲，她不分青紅皂白的就給我一巴掌了──真是莫名其妙

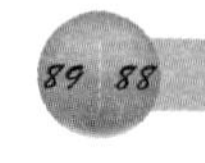

呀！」

螞蟻

小朋友上完廁所一回到教室就告訴老師：「老師，廁所裡有好多螞蟻。」

女老師點點頭，忽然想到螞蟻（ant）這個單字一開學時就教過了，想測驗看看小朋友是否還記得這個單字，便問小朋友：「那螞蟻怎麼說？」

結果小朋友一臉茫然，過了一會兒才回答說：「螞蟻……牠……牠沒有說話！」

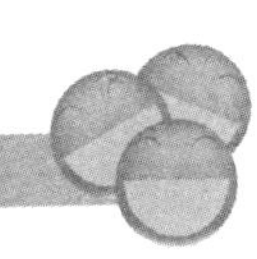

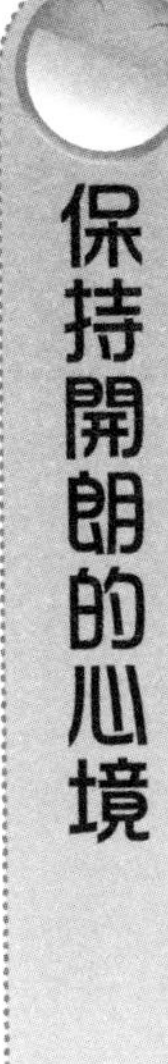

保持開朗的心境

當你的日子過得很順遂時，也就是你的生活態度很樂觀、很積極，你一定會覺得每天都過得很有朝氣、很有活力。

相反的，當你失望沮喪、怨天尤人，甚至和別人發生磨擦時，你便會覺得自己在生理上和心理上感覺疲憊而缺乏幹勁。

在生活中，我們實在很難避免以下幾種無法容忍的情況：

- 我的情人在等我時，總是不耐煩地跺腳或罵人。
- 上了一天班回家後，總是發現家裡亂七八糟，而且沒有晚飯吃。
- 我的上司對我的要求似乎越來越多、越來越沒有建設性。

● 我老婆（情人）總是在電話那頭嘮叨個沒完沒了。

● 我遇上完全不替我們著想的老師或老闆。

● 我遇上喜歡在背後中傷別人的傢伙。

● 我遇上拿東西不放回原位的傢伙。

● 我遇上遊手好閒的無賴漢。

● 我遇上總是等待他人來幫忙的白癡。

● 我遇上喜歡自誇的傢伙。

● 我遇上猶豫不決的傢伙。

● 我在高速公路卯上低於規定時速的混蛋。

● 我在擁擠的街道上碰到任意停車的卡車司機。

● 我遇見說話諷刺、尖酸刻薄的傢伙。

● 我遇見生活水準很差、沒有禮貌的傢伙。

● 我遇見大笑不止的神經病。

● 我遇見約會老是遲到的懶惰蟲。

● 我遇上在公司下班時間總是比別人晚的傢伙。

● 我卯上一大清早就聒噪不停的主管。

● 我碰上生活習慣很差、檳榔嚼個不停的同事。

這就是促使人們心跳加速、血壓升高的典型，你是不是覺得都很熟悉呢？試著學習對別人讓步，並收斂自己不安的情緒吧！如此一來，您就節省很多精神。

自私、自誇、諷刺、貪婪、仇恨、嫉妒、邪念、自憐……這些性格好像是寄生在人們身上的水蛭，會帶給人們痛苦，使人們生病，甚至奪走人們的生命——你可以仇恨這些害蟲，但也應該同情被水蛭所寄生的這些受害人。

想要成為一名頂尖的笑話高手，儘管技巧繁多，但討論幽默的技術之前，最重要的工作，無疑得先培養開朗的心情。

一個本身心事重重，卻想盡辦法讓別人開朗、逗人開心，簡直是天方夜譚，也是緣木求魚、徒勞無功的事。

仔細想想，那些說笑話或表現滑稽劇情的演員，如果一把鼻涕一把眼淚的訴說，觀眾怎麼會笑得出來呢？

想想世事的光明面與美妙本質，人生的歡笑就會隨之而來。

至於憂鬱性格與厭世觀的人如何改造？最根本的方法就是讓其投注全部精力於現實生活中，從戀愛、事業、藝術、運動、宗教等等，擇一成為

自己努力的方向，由於情之所鍾，他便會感覺生活越來越有意思。

人生在世，應當有所求，有所不求，該來的總會來，會碰到的就是會碰到，再怎麼抱怨、咒罵，甚至把自己氣得半死，也於事無補！

若能換個角度、換個心情去審視「命運的波濤」，將會使自己的心情更開朗、更務實。

獸性大發

二次世界大戰期間，有一名美國大兵隻身騎著駱駝前往撒哈拉沙漠公幹，由於路途遙遠，且無人陪伴，心情十分煩悶！

一日，他產生強烈的性衝動，只好找自己所騎的那隻母駱駝下手——

豈料，那隻駱駝深具貞操觀念，當他把駱駝按在地上時，竟遭到強烈的抵抗，根本無法硬闖。

就在這時候，遠處突然傳來吵鬧之聲，並且塵土飛揚。原來是一群盜匪正在追逐一個風騷冶艷的妙齡女郎。

美國大兵揉揉眼睛，確定自己不是在作夢後，心想「太好了」，於是快步向前，取出長槍，輕鬆地擊退了盜匪。

事後，那妙齡女郎感激萬分地說：「壯士，您的大恩大德小女子自是不敢忘，而今，我是你的人了，你有什麼需求儘管說，我都可以答應你。」

「太好了！」美國大兵不假思索地說：「妳只要幫忙我把這駱駝壓住就行了——我就不相信治不了牠——。」

誰下毒

辛苦的老農夫在田裡種了一大片西瓜，可是，每到採收季節時，總被附近的野孩子捷足先登。

為此，老農夫十分惱怒，最後終於想出一個法子，也就是在田中佇立一塊告示牌，上面寫著：「這一季的西瓜有十顆含劇毒，不知者勿偷食，否則——後果自行負責。」

當天晚上，那群小鬼果然又來了——。

隔天，農夫來到田中央，看到西瓜安然無恙，不禁沾沾自喜，但稍一回神，這才發現告示牌已被塗改成：「這一季的西瓜現在有二十顆含劇毒了——！」

順便提一下

啟智班的教室裡：

老師：「你終於來了！為什麼昨天沒有來上課？」

學生：「因……因為，我媽從樓梯上摔下來。」

老師：「喔！原來如此，媽媽受傷了所以你沒來。」

學生：「不是……是我爸受傷……」

老師：「為什麼你媽從樓梯上摔下來你爸會受傷？」

學生：「因為……我爸在外面有女人……」

老師：「什麼？那跟你媽從樓梯上摔下來有什麼關係？」

學生：「因為他們打架，我媽摔倒沒事，我爸被我媽打傷。」

老師：「喔！那麼因為你送爸爸去醫院，所以沒來上課？」

學生：「不是……是外面的女人送我爸去的。」

老師：「那你為什麼沒來上課？」

學生：「因為我睡過頭了……」

老師：「那跟你媽從樓梯上摔下來有什麼關係？」

學生：「沒有關係啊，我只是順便提一下。」

老師暈倒中……

善用幽默的時機

所謂「相同的幽默」（如：一篇笑話的詮釋，一種搞笑的表情），由於每個人的表現方式迥異，效果亦不相同。

整個「幽默感」的感受度或接收度，深受當時的情況、當事者的為人特質，以及時間性所影響，我們當然不可規定：什麼時候說？到底怎麼說？但，可以確定的是：說得好，遠不如說得巧。

也許，您曾想利用交談或集會之際施展幽默，卻因膽怯而精神緊張，最後還是作罷了，這種現象尤其出現在初次見面或枯燥的會議上。

事實證明，要好的朋友聚在一塊兒，互相講講笑話，幾乎都能輕易地

引發哄堂大笑，但假使均非熟識者，原本妙語如珠的你，想要說笑話打破僵局，卻不見得能如願——這種經驗想必人皆有之！

追根究底，這是因為熟人相處時，心中自然較為解放與舒暢的緣故。因此，我們平時就應該訓練自己與陌生人接觸的機會，養成不膽怯的心理，才能於適當時機，用最從容的態度交談。總之，講笑話的時機若能拿捏得準，便能發揮最大的「笑」果。

清醒了

一個喝得「馬西馬西」的傢伙，自天橋上跌落到大馬路中央，造成嚴重的交通阻塞——

交通警察聞風而至，問：「這究竟是怎麼一回事？」

那人醉眼惺忪地說：「不知道，我記得自己也是剛到而已！」

台灣英文

有個很菜的領隊，帶一個旅行團到美國大峽谷玩，途中撞見一場車禍，急忙打行動電話報警——

由於團裡都是阿公、阿婆，沒人會說英文，而領隊的英文又很破，當這領隊打到警局時，只好硬著頭皮說：

One big car go. One small car come.

So, two car bon-bon together.

Now, have four people cry say ton-ton, please, open O-Ei O-Ei car come here!

家門不幸

美國一個小鎮上，有位老翁身體不佳，告訴媳婦要喝奶，以補補身子。

媳婦隨即幫他端來一杯牛奶。可是，老翁堅持要喝人奶，這位孝順的媳婦為了順老人家的意，只好露出自己的奶子給老翁品嚐。沒想到——

老翁才喝一口，不巧他兒子（媳婦的先生）從外面歸來，就這樣一頭撞見了——

「天啊！怎麼會這樣呢？我怎麼會有如此老爸？真是家門不幸！」兒子氣得捶胸頓足，當下怒不可遏。

這時，病懨懨的老翁也發火了：「你這不肖子，你喝我老婆的奶那麼多年，我都沒哼半句，我今天只不過喝你老婆一口，你就叫個沒完！唉！這才叫家門不幸呀！」

剝花瓣

ㄚ珍：「要……不要……要……不要……」

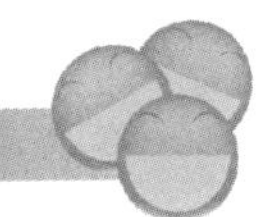

Ｙ銘：「妳在幹什麼啊？」

Ｙ珍：「我在剝花瓣決定要不要把肚子裡的小孩生下來啊！」

Ｙ銘：「那旁邊的另一朵花要做什麼的啊？」

Ｙ珍：「那朵喔？那是待會兒用來決定小孩的爸爸是誰的啊！」

Ｙ銘：「@＃$％&＊……」

掌握幽默的內涵

說實在的，中國人的幽默感是十分淺薄而放不開的，更正確地說，在日常生活中，我們的幽默感顯得十分貧乏，事實上也很難找到真正的笑話高手。

各國的幽默笑話，皆摻雜其獨特的民族性色彩，中國人一向保守，跟外國人的開放相比，似乎比較無法確切掌握「幽默」的真正內涵。

外國人視幽默為內心真誠的展現，屬於機智反應的範疇，算得上是生活的一部分，而國人則把幽默定義在滑稽、無厘頭的抒發而已，很難加以重視。

比方說，當你走在路上不小心撞到他人，國人泰半只會說聲「歹勢！」或「對不起！」外國人則多半會加油添醋，以降低彼此可能會造成的摩擦或不悅。例如：

「Sorry！因為我一直在看帥哥，所以——。」

外國人大都視幽默為生活的潤滑劑，才能於瞬間說出如此逗趣的話，如此一來，相撞的兩人不但不會因此吵架，被撞到的人也會跟著笑起來。

法國人的開放作風，使他們成為全球最愛講黃色笑話的民族；美國人的無拘無束，使他們的笑話天馬行空、豪放而粗野；呆板的德國人、遵守法律的新加坡人、高尚自居的英國人，他們所製造的笑料則傾向輕妙與含蓄。

人生在世，最需要「笑」，才會懷抱喜悅之心，歡愉地盡一切責任與義務，誠如以下這句對聯：

「大肚能容，容地容天，於己何所不容？」

「開口便笑，笑今笑古，凡事付之一笑！」

暫時分開

母親對已經長得亭亭玉立，但仍只有十五歲大的女兒說：「當妳和男孩子出去玩時，如果他採取奇怪的動作，千萬別忘了，妳的雙腳是妳最好、最值得信賴的朋友！」

女兒點點頭，似乎心領神會了。

豈料，有一天女兒卻哭喪著臉向她的母親坦承：「我被他欺負了

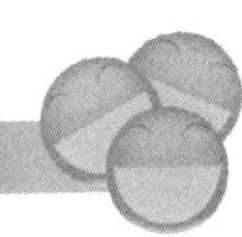

啦！」

「怎麼那麼笨呢？」母親緊張至極，「我不是告訴過妳，遇到不對的狀況時，妳的雙腳才是妳最值得信賴的朋友嗎？」

「可是──」女兒滿臉歉容地表示：「再好的朋友也有暫時分開的時候，何況當時，我的雙腳被他騰空架開，已徹底分了家呀！」

牧師與司機

鎮上有位十分虔誠的傳教士，某天，因為無法抵抗病魔長期的折磨而壽終了──

在此同時，鎮上的公車司機也因為橫衝直撞發生車禍而離開人世──

可是，二人死亡之後，公車司機卻上了天堂，而傳教士竟然下了地獄。

「不公平！不公平！」傳教士非常氣憤地跑到上帝的面前說：「我如此忠實的為祢佈道卻下地獄，而他從來不遵守交通規則卻能上天堂，上帝！有沒有搞錯啊！」

「我沒搞錯！」上帝說：「我全都觀察到了，你每次佈道時，台下的教友全都睡得像死豬似的，而公車司機每次載送旅客時，那些旅客們無不向我禱告與祈福呢！」

聒噪與乖巧

男教師在女學生的作業簿上寫道：「小芬太多話了，尤其在課堂之

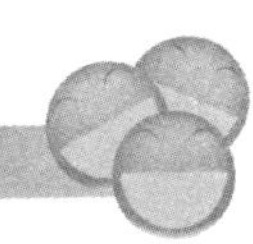

中，請貴家長多多勸導。」

小芬的爸爸看過以後，在回覆欄上寫下：「很遺憾，我愛莫能助，因為——如果閣下有幸認識她老媽的話，您就會跟我持一樣的認同：其實，小芬是多麼乖巧、多麼安靜的呀！」

都是KTV惹的禍

有一天，康小明考試考的不好，他回家後傷心的跟他媽說：「媽！我想喝農藥自殺。」

此時，康小明的媽媽正在唱歌沒空理他，只見他媽媽唱著：「喝下去，喝下去，不要漏氣……」

康小明又說：「媽！我要跳樓囉。」

此時，康小明的媽媽又剛好唱到：「跳下去，跳下去，大家歡喜……」

康小明很生氣的說：「媽！我到底是不是妳的兒子啊？」

只見康小明的媽媽又唱到：「不是！不是……不是……你！」

道歉信

一對熱戀中的男女，相約去弔祭一位長輩，後來兩人鬧情緒，出殯那天只有男的去了殯儀館，看不到女的，越想越覺得不對，就想寫信給女的道歉。

誰知女的看了信，更加火大。你知道這男的是怎麼寫信的嗎？

「親愛的，昨天原本去殯儀館是想看妳，沒想到看不到妳，心中好難過……」

以幽默者為榜樣

一個真正有趣的人，絕不是指吊兒啷噹、輕浮閒散，老是用笑話來攻擊他人或掩飾自己責難的傢伙。

我們是人群中的一份子，應當按照社會的秩序和法律來生活，幽默者也不例外。

假使您認為：「說笑話」就可生冷不忌、不負任何責任的話，那就大錯特錯了——讓別人笑出來是一件善事，反過來說，成為被取笑的對象，當事人必然七竅生煙！

喜劇演員時常在舞台上搞笑，讓觀眾得以開懷，但那畢竟只限於舞台

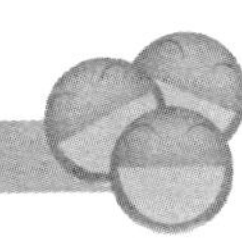

上的演出。事實上，喜劇演員如果在日常生活中，也像劇中人物那般滑稽、逗趣，有攻擊他人的嫌疑，似乎也太不正經了。

無論如何，真正幽默的人必須保持為人接受的良好生活態度，這樣，才會使他人對你的幽默感產生敬意，而不是譁眾取寵的小丑，也才能確實發揮您在社交上的價值。

儘管我們模仿不出十成的「笑」果，但只要認真研究與學習，自然會加持自我說笑話的能力。

讓人發笑不光靠語言，動作和怪叫聲也是非常重要的因素，我們必須對這些演員的肢體、語言、表情等加以留意，才不會錯失任何值得學習的地方。

此外，周圍若出現幽默的人士，不妨多跟對方接近，藉以研究、揣摩他的一言一行。

總之，「記錄」和「觀察」不失為精進自己幽默功力的好辦法，而由周遭那些有趣的朋友先著手學習，往往就能取得幽默的題材。

我先走

未滿十八歲的小新，某日騎機車，遭遇警察的臨檢——

警察：「駕照呢？」

小新：「忘記帶。」

警察：「那——行照呢？」

結果小新聽成是台語的「先走」，於是加緊油門，飛快地離開了現

場——留下一群錯愕在原地、一時不知所措的警察們。

錯上加錯

一位學生走進7-11便利商店，對結帳員說：「小姐，我今天早上買了一包香菸，結果，妳在找錢給我的時候，整整算錯了九百元。」

「怎麼可能呢？你當時為什麼不向我說明？」

「因為，妳忙得不可開支，而我要搭的公車恰巧來了——」

結帳員惱火地回答：「一切為時已晚，本店再也不必承擔任何責任了；天曉得你這學生是不是在撒謊？」

「好。」學生掉頭就走，口中還振振有詞：「就當我撒謊好了，那我就不必把口袋中這多出的九百塊還給妳了。」

拉扯之間

一名穿著緊身衣的女郎，擠上了十分擁擠的公車——七月天，由於車上實在太悶、太熱了，於是她偷偷地伸手將背後的拉鍊拉開（希望透透風），等到公車靠站有乘客要下車時，才趕緊把拉鍊拉上（以防被他人看到）。

如此重複數次，站在身後一個高大的老外終於忍不住對她說：「小姐，妳到底想怎樣，我褲子的拉鍊已經被妳拉了又關，關了又拉，一共六次了！」

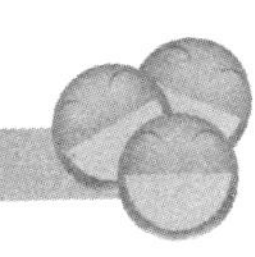

為時已晚

某日，有個患有嚴重口吃的阿兵哥去酒吧喝酒——

當他走到吧台，就指著那瓶可樂娜，問酒保說：「請——請——請問——那那瓶酒——多——多少錢？」

「兩千五！」酒保回答。

這時，阿兵哥覺得太貴了，於是便再回一句話給那酒保：「開——開——開——」

只聽見「啵！」的一聲，酒保已經把那瓶酒打開了。

「開——開——開什麼——玩——玩笑啊？」阿兵哥總算把話說完了。

只可惜，一切為時已晚。

最近比較煩

三個人端坐在咖啡屋裡談天說地——

其中，一個老頭說：「哎呀！我是越來越健忘了，我竟然連昨天自己做了哪些事，現在都忘得一乾二淨了。」

另一老頭說：「我更慘！我剛剛出門時，樓梯走到一半，竟然忘了自己要上樓還是要下樓。」

第三個老頭敲敲桌面說：「嘿！我的記憶力應該和從前一樣好。」

可是，當他喝了一口咖啡後，突然面帶吃驚地問：「天啊！我怎麼會在這裡？還有你們是誰啊？」

一萬塊美金

某日，一名職業殺手利用非假日時間去高爾夫球場打球，當時場上只有他與一位陌生的、妖嬈的女郎而已，於是，殺手便邀她一起比賽——比著比著，兩人眉目傳情，開始熱絡起來了。

當聊到彼此的職業時，殺手毫不避諱的道出自己的身分。

那女郎也毫不隱瞞地說：「我的職業跟你頗有關連的，我是一名調查員。」

殺手見四下無人，就從球袋中取出來福槍與望遠鏡，說：「這些傢伙我可從不離身，它們是我賺錢的工具。」

女調查員相當好奇，且信手把玩一番。

玩著玩著，她將望遠鏡朝位於球場旁的家中望去——這一望可不得了，她赫然發現自己年輕瀟灑的丈夫正赤裸裸地躺在床上，而從浴室走出的那名同樣一絲不掛的女子，竟是她平時交情甚好的小學同學。

女調查員一氣之下，便委託殺手當場幹掉這對狗男女。

殺手說：「那有什麼問題！不過，我的子彈每顆價值一萬美金，妳願意付嗎？」

「願意！」女調查員強調：「而我決定要買兩顆！」

殺手點點頭欣然接受這筆交易，然後問道：「妳我因緣際會，日後或許還有進一步合作的可能，這樣吧！我讓妳選擇該射向他們身體的什麼部位。」

女調查員想了一會兒說：「我那個狗男人敢四處招惹女人，就射向他的命根子吧！至於那個賤女人，平時是個八卦婆，你乾脆朝她的口中射

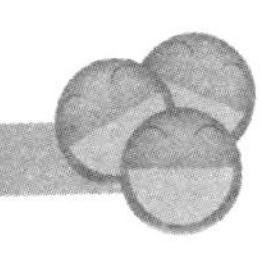

入，讓她死後能安靜點！」

「OK！」於是，殺手架好來福槍和望遠鏡，開始瞄準目標。

可是，過了很久，他始終沒扣上板機。

「快點啦！你還蘑菇個什麼勁？」女調查員等得有些不耐煩了。

殺手說：「別吵！我正努力替妳省下一萬塊美金喲！」

社交場合的幽默

除非社會歷練十分豐富，否則，一般人很難於初次會面的情況下，談笑風生，如入無人之境。

最主要的因素是——仍摸不透對方的性格。

是的，所謂「知己知彼、百戰百勝」，兩個素昧平生的人，難免會因為還不瞭解對方，產生不安與防備的心理，這時，若能將事情重點陳述清楚，使相處氣氛不會越來越沉悶，就已經算不錯的了，還遑論利用什麼「笑話」。

能夠清楚知道對方的來歷、性格與興趣，話匣子一開，就比較容易應

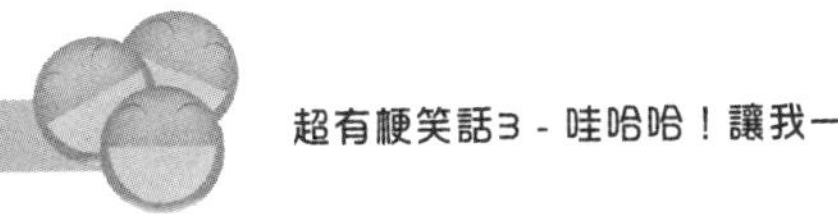

付，甚至談笑自如。

在社交場合中，假若對方是個很愛說笑的人，您不妨試著幫幫腔，讓他講出來的笑話更生動、更有娛樂大眾的效果。

社交上所講的幽默，重點不在於誰說得比較好，而是能否藉此達成心靈上的交流與實質目的之實現。

敏銳的交際高手，在與某人初次見面後，就可迅速瞭解對方的性情，比較遲鈍的人，即使和對方見過四、五次面，亦無法摸清其底細，甚至還做出錯誤的判斷呢！

所以，「觀人入微」是社交能否圓滿成功的要素，我們平時就得強迫自己多和人群接觸，並試著練習看清對方的性格，才是明智之舉。

另外，值得強調的一點是，對初識者所講的笑話，應當以「不得罪」

他人為原則，例如：不涉及對方的容貌、拮据的經濟、待人的偏差……等等敏感性話題，否則一旦失禮於人，如何製造下次見面的機會？

社交場合的幽默內容，務必要讓與會者所能理解，若能提出共通話題，進而「投其所好」，當然最好不過了。

零點一秒

信徒：「命運的主宰啊！我的一生對您來說是多長呢？」

命運之神：「不過零點一秒的時間而已。」

信徒：「那三千萬台幣呢？我的意思是說，即使我努力工作四十年，恐怕也賺不了那麼多呢！」

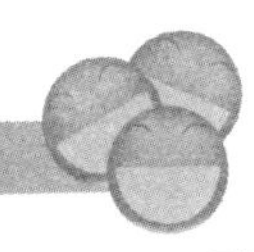

命運之神：「三千萬台幣對我而言，就像一毛錢那般，根本不值得一談。」

信徒：「那就請您大發慈悲，快賞給我一毛錢吧！」

命運之神：「當然可以。不過，請先等我零點一秒鐘。」

號外號外

某日，賣晚報的流浪漢突然沿街叫賣：

「號外！號外！天大的消息，一天之內就有十五個人被騙！包括一個妓女！」

這時，有四個人不約而同地走上前去——買他的報紙，然後就地翻閱。

片刻之後，流浪漢又高聲吶喊了：「號外！號外！天大的消息——一天之內就有十九個人被騙，包括一位大學教授！」

扁頭一族

男孩問：「妳喜歡哪種類型的Boy？」

女孩答：「『投緣』就好！」

男孩壓低自己的身體問：「ㄟ！像我這種『扁頭』族的呢？難道一點機會都沒有嗎？」

獵人與豬腳

一名沒去打獵而跑去賭博的獵人，跑到肉舖面前問：「有賣果子狸嗎？」

「沒有！」屠夫回答。

「山兔？」獵人又問。

「沒了！」屠夫回答。

「野雞？」獵人再問。

「今天沒有野雞可賣啦！」屠夫最後終於不耐地說：「先生，買隻豬腳吧！這可是又鮮又嫩哦！」

獵人氣急敗壞地答道：「你想我可以跟我的老婆說：『我今天射中了一隻豬腳嗎？』」

計算和驗算

期中考試，所有題目都是選擇題。什麼都不會的甲生只好帶一個骰子去應考——

老師發考卷後，甲生就以丟骰子的方式「２３１４４２３１４……」很快地填寫完畢了。

然後，甲生趴在桌上睡覺，不久之後，甲生醒了，竟又開始丟骰子。

坐在一旁的乙生忍不住開口問道：「你不是早就寫完了嗎？怎麼不交考卷，趕緊出去玩呢？」

甲生說：「總得驗算一下，看自己有沒有粗心寫錯啊！」

發作業

有一天老師在發作業，王小華、林小毛……王肚皮……王肚皮……叫到王肚皮的時候沒人來領作業本。發完作業後，有位小朋友舉手說：「老師，我沒拿到作業本！」

老師說：「你叫什麼名字ㄚ！」

小朋友說：「我叫王月坡。」

數字密碼

有一個人很愛喝酒，一天，他忽然接到小外甥寄來一封信，打開來一看，竟全都是阿拉伯數字：「９９：８１７９，７９５４，７６２６９，８４０６，９４０５，７９１８９３４，１９１８１７。」

他想了一夜，終於想通了小外甥的意思：「舅舅：不要吃酒，吃酒誤事，吃了二兩酒，不是動怒，就是動武，吃酒要被酒殺死，一點酒也不要吃。」

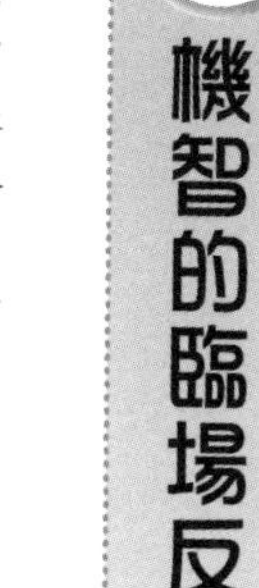

機智的臨場反應

笑話的基本架構有九種：

- 低級趣味式。
- 詼諧逗趣式。
- 自我嘲諷式。
- 澆冷水式。
- 奚落式。
- 情色式。
- 急智式。

● 反擊式。

● 譏笑式。

其中，「急智式」最難辦到，因為它關係到一個人的臨場反應，以及「風趣機智」的能力。

一流的「風趣機智」，就是臨危不亂，瞬間化解窘境，將智慧的語言表現在臨場反應上。

有位老太太到地方法院控告她的先生誹謗，於是，女法官問：「妳先生誹謗妳什麼啊？」

「他在孫子面前，公然罵我是『老豬母！』」老太太非常氣憤地說。

女法官聽了，旋即露出不悅之情：「老先生，你怎麼可以用如此骯髒的字眼來輕視女性呢？更何況，她是你太太呀！總之，你這樣的行為的確

已經符合誹謗罪的要素了！」

老先生愣了一會兒，開口問道：「法官，妳的意思是不是說，我不能夠叫自己的太太為『老豬母』囉！」

「沒錯！本法官絕對不容許你這樣侮辱她！」女法官以堅決的語氣說。

「那我──那我可不可以叫一頭『老豬母』為太太呢？」

女法官想了一下說：「法律是用來約束人的，你愛怎麼叫就怎麼叫囉！」

於是，老先生隨即轉過身來，對著老太太說：「妳好，太太！真榮幸能見到妳，太太！」

值一塊錢

美國有個小村莊，那裡的居民結婚時都必須到教堂公證，且有一個不成文的規定，就是，長得越性感、越漂亮的新娘，捐獻給當地急難救助會的金額就必須越多。

這天，有對男女到此公證，禮成之後，新娘掏出一千塊美金給牧師，沒想到——

牧師看著新郎說：「先生，您的身上難道沒有一塊錢嗎？因為，我可沒有九百九十九塊錢可找喲！」

勇於認錯

一個老人，認養了四個兒子，住在一個風景區的溪邊，平日靠撿破爛及維護環境整潔維生。

有一天，他把四個兒子抓到面前問話：「昨天晚上，是誰把那個流動廁所推到溪裡去的？」

四人面面相覷，誰也不敢承認，深怕惹來老人一頓責罵。

老人見狀，語重心長地說：「想想當年華盛頓砍斷櫻桃樹的故事吧！由於他的勇於認錯，他的爸爸也就沒責罵他了，反而還誇獎他。」

話一說完，老二笑開了嘴，連忙舉手表示這件事是他幹的。

「很好。」老人點點頭，抓抓腮鬍，但隨即竟對老二拳打腳踢——

事後，老二哭喪著臉說：「你——老爸你真酷呀！怎麼可以公然在眾孩子面前玩陰的呢？不怕給我們帶來不良的示範嗎？」

「玩陰的，怎麼說？」

「你不是說華盛頓的勇於認錯，可以平安無事？」老大插嘴說。

只見，老人不疾不徐地答道：「問題在於——當時華盛頓的老爸沒蹲在樹上！可是我昨夜確實吃了一嘴大便——」

休學與復學

花子在一間錄取分數偏低的私立商職就讀，學期末了，她準備預選下學期的課程——

可是，眼前的這部電腦系統全部更新，跟上學期的輸入過程已不太一

樣了。當她輸入自己的學號後，螢幕內容如下：

● 加選課程，請按「1」。
● 退選課程，請按「2」。
● 查詢講師，請按「3」。
● 查詢選課，請按「4」。
● 決定休學，請按「5」。
● 辦理復學，請按「6」。

花子心想：怎麼會連休學、復學的按鍵都秀出來了呢？是不是電腦本身秀逗了？

於是，在好奇心的驅使之下，她按了「5」。

不一會兒，只聽見電腦語音回答：休學成功了！希望你明年再來！

聽到時，花子臉色為之一變，因為她壓根兒沒想到電腦竟然跟她玩真的，瞬間便決定了她的命運，而她本身根本從未想過要休學一年呀！幸好，這時心中又浮現了另一絲希望——剛才不是有看到「辦理復學」的按鍵嗎？所以——花子趕緊按下「6」。

電腦語音系統也很快地做出了回應：對不起，經查照，擁有此學號者已經決定休學了，閣下顯然不是本校學生，請千萬不要再來搗蛋，以免被捕，再見。

歪打正著

甲問：「熊為什麼要冬眠六個月之久？」

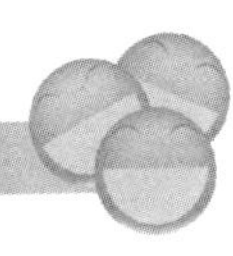

乙答：「那還不簡單，沒人敢去叫醒牠嘛！」

甲又問：「喝可樂或許有再來一罐的機會，請問什麼店不能買一送一？」

乙答：「棺材店。」

甲再問：「在廁所遇到朋友時，千萬不可用什麼問候語來寒暄？」

乙想了想，終究想不出個所以然，於是岔開話題說：「你吃飽了沒？」

歪打正著2

乙問：「地震的時候，在什麼地方最安全？」

甲答：「三歲小孩都知道，在飛機上嘛！」

乙又問：「一個高大的女人，可是沒有什麼胸部，該如何形容之？」

甲答：「巨『無』霸。」

乙再問：「那——一個女人將一根棒子放在兩腿之間，你猜她在搞啥飛機？」

甲想了想，終究想不出個所以然，於是岔開話題說：「妳喜歡打高爾夫球嗎？我可以教妳喔！」

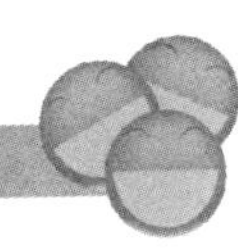

肌樂

小玲：「我覺得我男朋友他都好無趣喔，生活一點情調都沒有，真的是食之無味，棄之可惜，像『雞肋』一樣，不知道我當初怎麼會跟他在一起……」

蓮蓮：「想開點呀，至少他還可以『噴』八百零七次！」

【註】「肌樂」廣告詞：可以噴八百零七次。

懶

有一次小明到了學校，體育老師看見他的右手斷了包上石膏，便問：

「才幾天不見，你的手是怎麼了？」

小明說：「因為我懶ㄚ～～」

老師又問：「為什麼懶手就會斷？」

他回答：「前幾天上學途中，走啊走啊，就有一顆小石子跑到我的鞋子裡……結果我就右手扶著電線桿，左腳在半空中抖啊抖的，想把它抖出來……後來就有一位阿伯拿著木棍衝過來把我的手打斷了！」

老師問：「為什麼阿伯要打你？」

「唉～～他以為我觸電！」

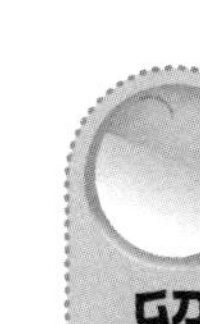

留意新奇的話題

想要成為一名頂尖的「笑話高手」，雖然不如學者般得深入研究某項高深的學問，但卻要有豐富和廣博的智識，這樣，說話的素材才會豐富。一名幽默人士的智識不必太深奧，盡量「平易近人」，能為大眾所接受，便是最高的努力依據。

說話的素材太貧乏，自然難以說出「好笑」的話。比方說，談到棒球，而你對棒球規則一竅不通，又不清楚當今的棒球文化與現象，如何切入話題？如此一來，非但無法施展幽默，恐怕連插嘴的份也沾不上哩！

無論如何，談及任何話題時，應該要有足以應付的「常識」為基礎，才能說得好、說得妙、說得呱呱叫。而平時努力收集題材的工作，顯然十分重要。

舉凡新聞、文化、政治、歷史、地理、影視、藝術、技能、運動、社會事件、醜聞八卦、國際問題等等，均要有所涉獵，使其成為自己的基本智識。

要達到此目標，勢必得經常閱讀書報、流行雜誌，以及留意媒體與時事，甚至於走路閒逛時，也要留心任何新奇的事物才行！

其實，閱讀書報、雜誌，以及收看電視、新聞、網路，往往裡面就有許多好笑的資料與素材，只要能擷取精華或顛覆事件本身的內涵，轉述給他人知道，便能締造許多別人所不知，甚至意想不到的笑話。

一般而言，較為熱門、人盡皆知的案件或消息，本身已無多大的價

值，應當針對他人不注意的細節加以推敲。報紙、雜誌、週刊均有不少專欄、短文、軼事足以提供有趣的話題，只是不曉得您能消化多少、改編多少罷了！

在這忙碌的工商時代，大多數人只是信手翻閱書報的大標題，很少人能從頭到尾仔細閱讀全文的。

事實上，其中蘊藏許許多多有趣的素材或可笑的話題。例如：影星的八卦、政治人物的瘡疤、社會的偏離面等等，只要您能將它「潛移默化」，成為自己逗人發笑的拿手好戲，儘管有點「惡毒」，卻可換來大家的掌聲，讓自己成為大家矚目的焦點，何樂而不為？

超級比一比

小芬和小蘭正在吵架——

小芬：「我的零用錢比妳多。」

小蘭：「我的功課比妳好。」

小芬：「我家的房子比妳家大。」

小蘭：「我家的玩具比妳家多。」

小芬：「我媽媽比妳媽媽漂亮！」

小蘭：「可惡——討厭——」

小芬：「妳為什麼不說了？是不是認輸了呀？」

小蘭：「因為昨天妳媽媽來找我爸爸，兩人關起房門後，爸爸也是這麼說的。」

心太軟

有一位小學生要從台南坐「野雞車」到台北，上車前，她奶奶拿給她一個便當，並且叮嚀一番。

小妹妹上車後，走到司機的旁邊說：「叔叔，您開到台中時可不可以叫我？」

司機見她年紀還小，也就答應了。

於是，小妹妹便安心地走到最後座，然後呼呼大睡。

車子開呀開，突然——司機發現已經開到三義了！司機心想：這小女孩這麼小，總不能任意丟下她，所以趁小妹妹還未被吵醒前，千拜託、萬拜託車上其他旅客，商量把車子開回台中。

「我們在趕時間呢！」部分旅客起先相當不滿，但最後還是被司機先生的「心太軟」給感動了。

當車子重返台中時，司機便去叫醒小妹妹：「台中到了！快下車喲！」

沒想到，小妹妹揉揉眼睛，隨即高興地從包包中取出便當說：「我奶奶有吩咐，到台中時才可以打開便當來吃，不可以一上車就把便當吃完——」

「喂！那妳是要去哪裡啊？」司機焦急地問。

「我要到台北找我的小阿姨啊！」

左右為難

離婚多年的老王，在因緣際會下和一名寡婦結了婚。在這之前，老王有三個孩子，那寡婦也育有一男一女。

婚後，他們又生了兩個孩子。

某天下午，妻子突然匆忙地跑來對老王說：「快到公園去，快啦，實在太可怕了！」

「怎麼了？」老王問。

他妻子這才忙不迭地說：「我的孩子和我們的孩子正聯手攻打你的孩

子吶！」

將心比心

一個女人和一個男的在床上大搞特搞，突然——

男人的太太回來了，男人就對那個女的說：

「快站到角落去，一直到我說可以動妳才動，拜託啦！」

說完，女人果真照做，男的便在她的身上灑下石膏粉——

妻子問：「怎麼會有一座石膏像？」

男人答：「我看小邱房裡也有石膏像，挺好看的，所以也去買了一座，好看吧？」

夜裡，妻子偷偷下床，拿了一罐咖啡到石膏像前，說：「快喝吧！我在小邱家站了一整夜，連杯水都沒喝，深切明白做為女人的辛苦！」

過夜

有一個老博士去朋友家玩，但一進門外面就下起大雨，朋友好心留博士過夜。

朋友有事離開一下回來時卻看不到博士，不久後看到博士全身濕濕的走進來。

朋友問他說：「你剛去哪了？」

博士說：「你不是要留我過夜，我回去拿睡衣了。」

Kiss

有一次小光送他女朋友回家，因為實在是忍不住，就對他女朋友說：

「我可以親妳一下嗎？」

才認識一個月的女朋友回答：「不要臉！」

小光想了想，然後說：「不要臉？那我親嘴好了！」

流行用語變變變

台灣資訊業相當發達，新聞媒體也比比皆是，電視上許多逗趣的八卦、笑鬧短劇，以及現代流行用語，都值得記載下來，做為自己在講笑話、取悅他人時的素材。

此外，廣告詞、流行歌詞由於周而復始的出現，幾乎家喻戶曉，只要能加以改造、潤飾或顛覆，應用於談笑之中，更能發揮輕鬆、活潑、有趣、意想不到的共鳴效應。

另外，筆者建議大家多留意「方言」的運用，倘若，與人交談時偶爾加入幾句「本土化」的方言，亦可發人一噱——我們都是「中國人」，也都是「台灣人」，因此，如果能把握恰當的時機，將方言加入交談的語句中，應用方言來逗樂他人，你在社交場合勢必會更得心應手、更受歡迎的。

一人一款命

兩名菲律賓女傭在閒聊，想比比看誰比較命苦——

甲：「我好歹命，我每天都要不停地對女主人說：『是，太太！是，我立刻去辦！』」

乙：「那有什麼大不了的！我每天都得不停地對女主人說：『不！太太，不！太太，放過我吧！會被先生瞧見的！』」

螢光保險套

上化學實驗課時，同學們分組討論有關「螢光」方面的問題——只聽見台下有人說出一聲「螢光保險套」，化學老師便語重心長地提出警告：「過度接觸螢光性質的東西，一定會得到皮膚癌！」

與此同時，台下有位女同學直指著一位男同學，並且高聲吶喊：「完蛋了！你完蛋了！你害我得口腔癌了啦！」

乳頭與西瓜

有一個媽媽生了兩個小孩，一個叫乳頭、一個叫西瓜。

有一天，乳頭不見了，媽媽去警察局報失蹤案。

警察問：「乳頭多大？」

媽媽說：「跟西瓜一樣大！」

賀詞

有一天，志明去參加朋友的婚禮。

眾人皆向一對新人獻上自己由衷的祝福、恭賀時，吉祥話、好兆頭的用語紛紛出籠……

志明知道這位好友是個花心大蘿蔔，靈機一動，想出了這樣的一句賀詞：

「在『一個老婆』的原則下，什麼問題都可以談！」

有沒有菸？

納莉颱風北市大多地區都淹水了，水退之後，在一家小pub發生了這樣的對話：

顧客：「你店裡有沒有淹？」

小祝：「有啊！七星、萬寶路還是要三五？」

顧客：「啊咧……」

男用？難用？

有一天，阿明告訴媽媽：「妳有去超市時，幫我買一包男用的妙鼻貼。」

媽媽就回答：「好用的不用，『難用』的還要用，現在的肖年仔的不災勒想什麼？」

私下來

某天上電磁學時，教授跟同學說：「我知道我們這本電磁學很難，以後若對這本書的題目有任何問題的話，就私下來問我。」

幾天後致中拿了一堆問題去找教授，此時教授發覺致中的書支離破碎的……

教授：「這本上千元的書你怎麼把它撕成這樣？」

致中：「教授你不是要我們撕下來問你嗎？」

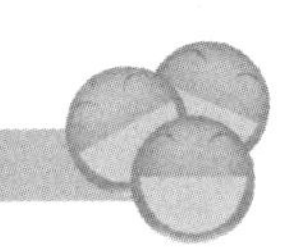

尊重女性的存在

倘若，聽眾清一色為男性，而且均已成年，以淫猥、情色的笑話做為娛樂的素材，當然容易引起共鳴，但若聽眾中夾雜著女性，尤其是純潔的少女，此類的幽默還是少說為妙。

一來，可能會徒增女性的嫌惡感，二來，恐怕會貶低自己的人格。

尤其是單身漢，想在人群中（包括學校、公司）物色伴侶，言行應該更加小心，否則一旦被貼上「下流」、「輕薄」的標籤，想要翻身就顯得困難重重了。

除此之外，對女性的敘述方式或隱射性之言詞，絕對得避免「容貌上」的藐視和侵犯——男性的容貌被挖苦，也許還不會太在意，女性則不然，姿容是女性的重要資產，因此，稍具一點見識的男人應盡量避免去觸犯，去批評她們的姿色。

把對方塑造成美人形象的幽默玩笑，誠然比較容易為女性所接受。反之，含有毀謗、嘲弄的笑話，在女性面前絕對不吃香。

笑話雖然以引人「發噱」、「大笑」為目的，但若欠缺「啟發」、「醒人」的意味，甚至充滿戲謔與嘲諷，多半無法久遠流傳。

當我們肆無忌憚地展露笑話時，要特別注意：自認為有趣的內容在說出來後，會不會刺傷他人或激怒他人？尤其有女性在場時，更該以「角色互換」的方式去思考：要是別人對我說出這樣的話，或丟給我這樣的形容詞，我是否會產生不悅、厭棄的心理？假如會，就必須毅然決然地捨棄如

此笑話，免得給他人不舒服的感受。

大有可為

法國有一對夫妻，由於生活太窮困了，商討結果，決定由太太當阻街女郎，先生則負責把風與接送。

一日，有位嫖客停下車來，問她多少錢？

「兩千元。」她說。

「可是，我身上只剩下一千元而已。」

太太於是跑去問她先生，回來後跟這名嫖客說：「可以，但一千塊只能做口交。」

「好啊！」嫖客開了車門，請她進去，隨即亮出自己的寶貝。

結果，他的寶貝無比粗大，堪稱舉世罕見，於是，太太竟又急急忙忙地離開車子，跑去和她先生商量說：「你行行好，我們可不可以先借他一千塊呢？」

童言無欺

「爸爸，如果躺在地上，把雙腿舉得高高的，是不是真的可以上天堂啊？」五歲的小如天真地問。

「妳在胡說些什麼啊？」

小如的爸爸委實不喜歡自己的小女兒如此胡言亂語。繼續看他的報紙，沒想到，小如又一本正經地說：「昨天下午，我看見媽媽躺在客廳沙發上，把兩條腿舉得很高很高，嘴裡還一直喊著：「噢！天啊！我的天吶！」

「什麼？」小如的爸爸驚叫出聲。

「爸爸，你別那麼緊張嘛！」小如繼續說道：「幸好，當時有隔壁的黃叔叔抓住她的雙腿，並且壓在她身上，要不然，媽媽也許真的上了天堂，從此再也不理我了──」

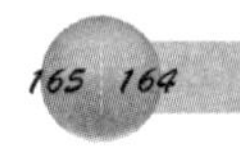

葡萄和柚子

有對夫婦，先生瘦得像竹竿，太太胖得如母豬，他們開車進城去——來到一家成人俱樂部，台上有兩名全裸的男女橫躺在分開的床上，做現場精彩的演出。

男的把渾圓的葡萄丟到女人的洞裡，女的則把甜甜圈套到男人那話兒上。

表演完畢，他們便離開俱樂部，準備返家。

在回程途中，先生對妻子提議：「那遊戲挺有趣的，我們不妨也在自己的閨房中試一試？」

「好啊！」肥婆說，「你在那家超商門口停車，我下去買兩個甜甜圈和兩打柚子！」

千萬別笑過頭了

在社交場合中，正確的運用「笑」將會帶來宏大的效果——以推銷員為例，由於職業的特性使然，必須經常與陌生人會談，所以，假若無法比一般人活潑開朗的話，在精神上就會顯得容易緊張，不能清楚地傳達意念，同時也讓對方產生警戒的心理或不必要的壓力。

社交上最有效的利器是「幽默」，這可包括：感情上的滑稽、高尚的俏皮話，以及趣味性的戲謔，至於取笑他人的動作、無知錯誤，因為含有揶揄、嘲弄、侮蔑的意味，缺乏好意的感情交流，還是少用為妙。

更正確地說，「幽默」最好架構於感情的滑稽之上，使其成為一種具有高尚情操與發人省思的喜感。

待人處世的最佳「笑果」，應當富有灑脫的性格，著重「靈感」和「技巧」，可以適時發揮在多方面且不為人厭的。

人類是唯一有「計畫性」的使別人發笑的動物，因此，若能將「笑」運用自如，「圓滑」表達，自然能成為團體中最受歡迎的人物。

所謂：「笑口常開，福神常駐！」

然而，笑的場合不對，笑的方法錯誤，唯恐招來凶神惡煞的「洗禮」。比方說：參加親友的葬禮時，喪家家屬與朋友無不暈染悲傷的氣息，這時若你突然笑了出來，那後果真是不堪設想。

又例如：閣下的笑聲是屬於那種近似非洲土狼型的（充滿狡獪與嘲謔），也會引起他人的反感，理應努力修正。

總之，當你身處肅穆的場合，要笑卻又不能開懷大笑之際，就算肉體的感覺十分痛苦，你唯一所能做的，依然是「強行忍住」，別無他法。如果確定自己再也無法克制時，至少也該離開眾人的目光，偷偷地跑到陽台上或廁所裡去發洩。

黑洞傳奇

某日，一妙齡妓女到湖畔戲水，因天氣燠熱難耐，又見四下無人，便脫光身上的衣服下水游泳。

湖裡有一隻水蛙，看見湖中有個濃毛密布的黑洞，一時好奇，遂順勢游了進去。

那妓女戲水完畢，就穿上衣服返回工作崗位。豈料，幾天之後，發覺下體深處似乎有什麼東西在裡頭作怪，痛苦至極，於是上醫院檢查。

醫師替她動了小手術，竟然翻找出裡頭有隻死青蛙，且青蛙的遺體上還貼有一封遺書，上面寫道：「自從我住進這黑洞後，每日飽受亂棒毆打，已經受夠了！」

餵哺母乳

某少婦一向我行我素，即使在大眾場合給孩子餵奶，也從不扭捏。一日，她帶孩子上館子吃飯，孩子肚子餓又哭鬧起來了——

少婦遂掀起衣角給孩子餵哺母奶，這時，年輕的侍者便走到她的身

旁，婉言規勸她停止這動作。

「年輕人，你嚕嗦個什麼勁？難道認為餵哺母奶是那麼丟臉或淫穢不堪的事嗎？」少婦大為光火。

「不是的！」年輕侍者禮貌地指著牆上告示牌說：「本餐廳禁食非本餐廳供應的食品，本人有權將妳的食物沒收！」

召妓被逮記

有個一向行事保守的太太，一日突然心血來潮，喬裝成潑辣的脫衣舞孃的姿態，站在自己的家門口按門鈴（想給她先生來個意外的挑逗與驚喜）。

她先生開門後，鬼鬼祟祟地左顧右盼了一會兒，說：「嗯，老李這個人還算豪爽，替我找到妳這樣的好貨，來，快進來吧！我那糟透了的黃臉婆回娘家，今天確定是屬於我的日子！」

職業病

有個鄉下小女孩，國小畢業後，便帶著「孤女的願望」的心情，到城市的刷子工廠去工作。

沒想到，一個禮拜後，竟發現自己的下體長出了一撮奇怪的毛，她害怕極了，心想：才在刷子工廠工作沒多久，居然長出刷毛，再工作下去的話，那還得了。

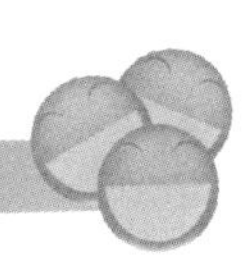

隔天，他向老闆提出辭呈，老闆覺得很奇怪，追問她原因。小女孩據實以報，老闆這才大笑說：「這不是職業病啦！每個人長大後就會那樣的。」

「真的嗎？我不相信。」

「不相信？這——」

「要不然，你把褲子脫下來給我看看。」小女孩說。

老闆見四下無人，心一狠，索性就把自己的寶貝露出來給小女孩瞧瞧，再迅速拉上拉鍊，裝作一副若無其事的樣子。

豈料，小女孩當場痛哭失聲：「老

闆——老闆你騙人啦！你連刷柄都長出來了，還說這工作不會有職業病。」

飛行車

某日下午，當飛行員的朋友小謝來向我借車，當時他已喝得酩酊大醉，我的車子借出之後，便一直膽顫心驚——

女友說：「哎呀！沒問題的啦，會開飛機的人，開車也一定很穩才對，你何必擔心他出事。」

我說：「說真格的，我並不擔心他的人，因為這傢伙早已投保了千萬保險，可是，我不得不擔心自己新買的車子呀！」

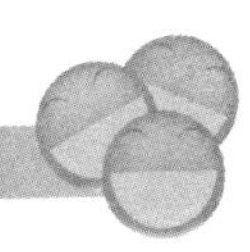

「妳知道的！他是個飛行員，怕就怕他超車的時候，一時失去理智，不從左超，也不是右超，而是——直線加速，然後拉起方向盤！」我補充說道。

超爆冷笑話

有一個學生新進到一個學校，幾天後就和一個學姊打成一片。
一天，學妹到新教室上課，不知廁所在哪？
她找到學姐問：「學姊，廁所在哪？」
學姊答：「要問代課老師才知道耶！」
學妹想：「好麻煩，不去了。」

又問：「那音樂教室在哪？」

學姐說：「去問代課老師啦！」

此時學妹受不了了，她問道：「為什麼一定要去問代課老師呢？」

學姊答：「因為有一句成語叫『待客之道』（知道）啊！」

學妹當場昏倒！

不違背幽默法則

在與他人交談時，腦海中雖曾浮現幽默的念頭，立即想脫口而出，卻又顧慮：「這樣講妥當嗎？對方會因此發笑嗎？」這是一般人最常碰到的問題——實際上，這類的顧忌實無必要，只要認為恰當的幽默觀點，因地制宜，就不需三心二意、躊躇不前了。

過度的深思熟慮，往往錯失幽默的時機，所以，應該立即講出來。只是——出口成「ㄗㄤ」的笑話，最好建立在「不會得罪某人」的基礎之上，假使因為顧忌冒犯自己所熟識的朋友，這樣「損人卻不利己」的笑話還是少說為妙。

不論怎樣精彩的幽默笑語，假如使用的場合不對，或是導致他人遭受情感上的創傷，不僅無法發揮逗人歡樂的效果，甚至會引起他人的忿恨。

所以，就算自己已準備開口了，想到這樣的幽默會傷到某人的心坎時，還是得馬上改口才好——所謂「禍從口出」，豈能不慎重處理？

言者無心，聽者有意，一些具「影射性」、「挖人瘡疤」的笑話，往往引發某人朝更壞的方向去思考。由此可見，具有危險性、侵略性的笑話，最好三思而後「言」。

除此之外，「幽默」這件事可不是個人的專利品喲！當眾多朋友聚在一起，各類幽默紛紛出籠之際，倘若眾人皆笑，你卻將這幽默視為三流的笑話而不肯出聲大笑，基本上是一種孤傲、自私的表現，似乎也違背了幽默法則。

試想，當時的氣氛那麼熱絡，若其中只有一個傢伙不笑，場面是否會變得很難堪呢？

即使他人講的笑話並不滑稽，只稱得上非常普通的幽默而已，您也該跟著哈哈大笑，使整體氣氛維持融洽狀態才好。

總之，幽默是一種「禮尚往來」的互動關係，如果您能試著去捧別人的場，輪到自己說笑時，別人也會更容易引起共鳴，進而報以笑聲呀！

到哪裡

「全民無線電計程車嗎？」

「是的。」

「我要叫車，我現在人在中山北路二段——」

「小姐，麻煩妳形容一下自己的穿著，謝謝！」

「我留著類似『阿妹妹』的頭髮，穿鵝黃色上衣，淺綠色花格短裙——」

「到哪裡？」

「嗯！」小姐打量自己一下，說：「大概到膝蓋上方約十公分處吧！」

「▷＃＠÷×——」

問時間

甲：「請相信我——我絕對可以由吹薩克斯風知道現在的時刻！」

乙：「胡扯！你說的鬼話如果可以聽——連糞都可以吃了！」

「那我馬上試給你看！」

甲說完，隨即吹奏一首勇士進行曲——

約十秒鐘左右，牆面傳來鎚打聲，緊接著，一個憤怒至極的聲音咆哮道：「喂！隔壁的家裡是不是死了人？現在都已經半夜三點半了——你他媽的知不知道啊！」

天兵打槍

砲兵連調來了一個天兵，平日以餵狗、抓狗為業。

那天，部隊舉行季測，他打了三十發子彈，竟然連一發都沒打中靶子。連長氣得撞牆，輔導長也忍不住對他咆哮：「你這笨蛋，這麼白癡，乾脆舉槍自盡算了。」

天兵被訓完話，悶聲不響地走了。

過沒多久，樹林那邊傳出一聲槍響——

所有士官兵的臉色為之大變，快步跑入樹林一探究竟。

只見，天兵從草叢中跳了出來，向輔導長下跪說：「報告輔導長！——我實在罪該萬死！這一槍——還是沒打中！」

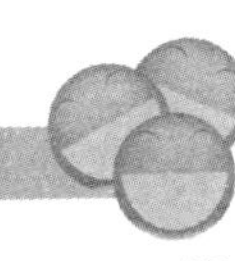

糊塗一時

某日，甲和乙幾乎於同一時間抵達「陰曹地府」報到——

甲問乙：「閣下是怎麼死的？」

乙說：「我是被活活給氣死的！」

「哇！的確很慘！」甲說，「不過，我也好不到哪裡去，我是被凍死的！」

乙隨即表明自己的死亡過程：「幾個小時前，我發現自己的妻子偷男人，便回家捉姦，豈料，我翻箱倒櫃搜索了一個多小時，還是沒逮到那姦夫，結果我一氣之下，導致心臟病發——」

聽到這裡，甲不禁揷了乙一拳，「他媽的！原來是你啊！如果當時你能聰明一點去打開冰箱門的話，我們豈不都可以得救了！」

虛驚一場

有位先生，與他死去的太太的妹妹住在一起，一直相安無事——

但有一天晚上，這位先生再也按捺不住了，他衝到小姨子的房間裡，大聲嚷嚷：「我現在命令妳把衣服脫掉！」

她怔住了！最後還是乖乖地照做。

等到她脫得只剩下內衣褲時，他又對小姨子說：「現在——我命令妳也把我的衣服全部脫掉！」

小姨子心想：「完了！今夜難逃姊夫的魔掌了！」不過，還是照做不誤。

已經被小姨子脫得身無一物的他，這時冷不防地說：「妳現在看清楚了吧！我們身體的構造截然不同，請妳下次別再偷我的內褲去穿了！拜

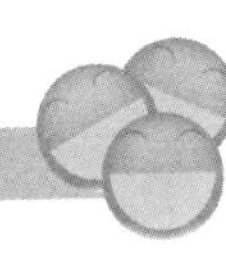

託！」

話鋒一轉

小強在高速公路上開著飛車，由於明顯超速而被警察攔下——

警察露出狡獪的眼神說：「你這不知死活的小子，我一大早就在這裡等著逮捕你！」

小強機靈地話鋒一轉：「是啊！警官，我也知道你用心良苦，所以——在不想讓你等太久的情況下，才用最快的速度跑來向您報到的呀！我有錯嗎？」

營造幽默情境

擁有幽默的才能，是人得以無往不利的重要原因。

缺乏機智反應的人，很難展現高度的幽默感。真正高級的幽默，通常不是直接的，因為幽默本身多少必須帶些戲謔的成分，如果太直接，難免尖刻傷人，所以最好繞個彎，段數才顯得高超，而繞彎子的訣竅就非靠智慧不可了。

當代社會，誰不是都在吹毛求疵，找人家的毛病，而自己卻鬧了笑話呢？人生，從「趣味」的角度來關照，不過是笑笑人家，同時讓人家笑笑而已。

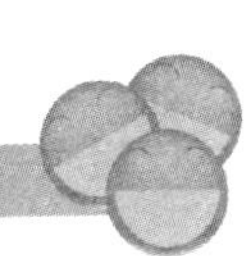

「淡然處之」、「和顏悅色」、「心寬氣朗」正是幽默的最高境界，如同會說笑話的人，往往富蘊詭秘的神情、毫無笑意，卻冷不防地說出教人哭笑不得、前仰後翻的話。

幽默是語言表達的重要手段，若能在談吐中、對話中、辯論中、演講中加上些許幽默感，必然可以強化言詞表達的智慧，營造足以啟迪他人、歡樂他人的美妙情境，使心靈的溝通更加順遂。

幽默的產生，有時不僅於句子的反轉，更在其中的「停頓」，這樣會引起觀眾的預期心理，甚至會使人有錯誤的導向，而後峰迴路轉，才可「一語驚人」，真正達到幽默的效果。

「成為一個出色的人」——是大家共通的期望。做好一個「別人心目中的你」和「你自己心目中的你」，不管用廣角鏡來看，放大鏡來看，都是一件複雜而吃力的事。

儘管如此，唯一能增強你的信心，豐富你的談話內容，幫助你的判斷，妥善地把「台詞、演技」幽默而和諧地表現出來，莫過於知識的累積。

無可諱言，知識是推動國家社會進步、理性、明辨的根本力量，吸收知識、培養求知慾，或許可以使我們在十分鐘內得到別人十年經驗的精髓，知識可以使我們避免犯別人同樣的錯誤。

很多時候，豐富的知識的確可以使我們的說話內容更有份量、更具幽默感。當妳（你）擁有了比別人還多的學識，整個人自然神思飛揚，誠如大作家「李敖」一般，每個意想不到的動作、使人吃驚的意見、荒誕的妙語和雙關語，皆讓旁人忍俊不禁，並且讓聽者間接頓悟了其中所蘊含的智慧或哲理。

所以，想要成為一名頂尖的幽默高手，就是要不斷吸收新知，然後在與人應對之際，盡量以風趣的方式展現出來。「求知」這件事是會上癮的，上癮了就觸類旁通，觸類旁通就會分辨真偽，能分辨真偽就能不為所惑、來去自如，並且不時展現幽默的儀態與氣度。

人生充滿著試探，處處有驚奇，我們絕對不可以低估幽默在困頓生活裡所產生的力量。有一天，等我們過了大半生，突然會發現，雖然自己的內心其實並不怎麼快樂，但由於擺脫了嚴肅的外貌，常以幽默風趣的姿態出現，讓你周遭的人因你而快樂，屆時就會深自慶幸：還好自己做了正確的抉擇，沒愁眉苦臉地過日子，沒讓四周的人同樣感染你的悲情。

更正確地說，堅持「讓別人快樂就等於自己快樂」的那份成就感，有時甚至凌駕於財富、名利的滿足之上。

龜兒子

某日，龜爸、龜媽決議帶他們的龜兒子到玉山郊遊。

出發時，龜爸扛了一個大餅，龜媽含了一條香腸，龜兒子則推了一罐海底雞。這樣，烏龜家族苦爬了五年，終於到達玉山頂峰。

就在一家人卸下裝備，準備席地而坐、大快朵頤之際，龜媽突然驚叫一聲：「SHIT！我——我忘了帶開罐器啦！」

「媽的！妳就只會把事情搞砸！」龜爸氣炸了：「龜兒子，你比較精明能幹，快回去拿！」

「我的乖兒子，快去快回！爸媽等你回來一起開飯。」龜媽緊跟著說。

龜兒子：「好，你們一定要等我回來哦！不可食言！」

「那還用說嗎？」龜爸、龜媽異口同聲地答道。

時光荏苒、歲月如梭，五年過去了，十年過去了，二十年過去了，四十年過去了，龜兒子竟然一去不回。

「動作怎麼那麼慢呢？就算爬到美國買個開罐器，現在也應該是回來的時候了吧！這個王八蛋！」龜爸氣得暴跳如雷。

「老伴，依我看，我們還是先開飯吧！我都快餓昏了啦！」龜媽說。

「不行！」龜爸說：「人無信則不立，我們既然答應兒子了，就該信守承諾、貫徹到底。」

「但我們畢竟不是人啊！」龜媽雖然發出怨言，但最後還是妥協了。

「好，再等個五年吧！如果兒子再不來的話，就別怪我們不客氣了。」

「嗯。好。」龜爸點頭表示贊成。

這樣，很快地又過了五年，但龜兒子卻依然音訊全無。

「不管了！我們已經仁至義盡了，老伴妳先吃吧！」

「乖兒子，對不起！媽媽實在受不了了！」

只見，龜媽大口一張，餓狠狠地便咬了香腸一大口。說時遲那時快——

有一隻老態龍鍾的烏龜竟從山壁背後使勁地爬了出來，緊接著破口大罵：「爸爸是王八蛋！媽媽也是！我就知道你們想利用我跑回去拿開罐器的時候，趁機偷吃這些好料。我等這一刻已經足足等了五十五年了！這下

終於被我逮到了吧！哼！我這輩子最恨人家騙我了！」

兩性之間

甲：「男朋友和老公有什麼不同？」

乙：「相差二、三十分鐘。」

甲：「女朋友和老婆有什麼不同？」

乙：「相差一、二十公斤。」

甲：「男人對女人講話不正經叫什麼？」

乙：「性騷擾。」

甲：「女人對男人講話不正經叫什麼？」

乙：「每分鐘二十元的情色熱線。」

甲：「你是怎麼知道老公已經死了？」

乙：「性生活不變，但碗盤已經很久沒人洗了。」

甲：「你是怎麼知道老婆已經死了？」

乙：「性生活不變，但遙控器總算落到自己的手中了。」

甲：「對男人來說，安全性行為指的是什麼？」

乙：「床頭板加上厚厚的軟墊。」

甲：「女人為何老是假裝有達到高潮？」

乙：「因為男人總是擔心前戲做得夠不夠。」

甲：「新養的狗和新婚丈夫有何不同？」

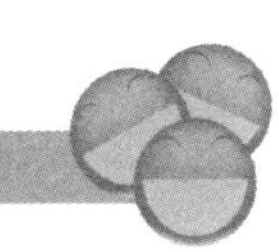

乙：「前者在半年之後看到妳依然興奮莫名，後者看到妳則退避三舍。」

甲：「恐怖份子和女人有何不同？」

乙：「恐怖份子可以談談條件，女人卻不行。」

活逮

警察當場逮住一名慣竊。

「你為什麼一連五次都進這家鞋店偷東西？」

「我有我的苦衷！」小偷面有難色答道：「我只不過想到這裡偷一雙鞋子送我女朋友，卻沒想到——她要我回來換了四次竟然還不滿意——

欸！實在拿這女人一點辦法都沒有。」

有原則的人

有兩名流浪漢在冰天雪地裡拖著沉重步伐蹣跚而行。

甲：「天啊！我已經三天沒有進食了。」

乙：「我比你還慘，都已經餓了四天了，上帝祢在哪裡？」

突然，這兩名流浪漢見到路旁有一堆已經結了冰的嘔吐物。

甲：「不曉得是哪個醉鬼這麼浪費，竟然把食物給吐掉？」

乙：「是啊！這傢伙必遭天打雷劈！」

甲：「我們快一起吃了它吧！」

乙：「不！你吃就好。」

於是，甲就不客氣地大快朵頤了。但由於那堆嘔吐物已經嚴重腐壞，過了一會兒，甲便吐了出來。

說時遲那時快，乙竟然欺身向前舔食甲的嘔吐物。

甲：「喂，老兄，您有沒有搞錯啊？剛剛我請你吃，你不肯，現在怎麼又吃起我吐的東西呢？」

只見，乙將地上的嘔吐物舔得一乾二淨之後，抹抹嘴說道：「我是個非常有原則的人，就算再怎麼餓，也不會去吃隔夜或冷凍的食物！」

非常任務

警察同仁打電話到王警官的家中：「這裡三缺一，快來啦！」

掛上電話後，王警官的情人體貼地問：「怎麼了，這麼晚了警局還有事？」

王警官立即穿上內衣褲，露出一副很無奈的樣子，並且以相當捨不得離去的表情說：「沒辦法，這次是非常緊急的任務，已經有三個警員在等我去張羅了——」

青春期

孩子：「爸！我媽到底知不知道我已經進入青春期了？」

父親：「她當然知道。」

孩子：「那她為什麼不讓我穿胸罩、使用衛生棉呢？」

父親：「她當然不會那麼做。」

「實在太不公平了！」孩子：「姊姊十二歲就開始用『靠得住』、十三歲就開始用『黛安芬』了！」

「閉嘴！」父親：「我們怎麼會生下你這種瘋瘋癲癲的笨兒子呢？」

危樓

老王：「強震過後，我要如何知道自己的房子是不是危樓呢？」

老李：「那還不簡單！如果你在屋子外牆上貼：『急售，三房兩廳雙衛，建坪數○坪，使用坪數○坪，總價七萬元起』，倘若一小時之內仍無人打電話來詢問，那麼，你這房子鐵定是危樓了。」

驚奇過望

有個鄉巴佬進城，他從未坐過電梯——

這天，他來到一家飯店，站在門口目睹一個老婦人走入電梯，不一會兒，電梯門開了，隨即走出一名穿著迷你裙的妙齡女郎。

鄉巴佬驚奇過望地想：「現在的科技實在太厲害了，要是我把老婆帶來就好了。」

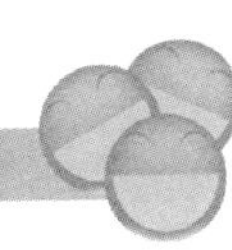

越燒越旺

有個土財主為了簽賭六合彩，天天跑去廟裡求神問卜——

結果，他忙碌了兩年多，不僅輸掉了所有家產，還虧欠了大組頭上億元的賭債。

土財主「跑路」之前，越想越火，便趁著夜黑風高、沒有人留意時，獨自跑去廟裡，將廟內的佛像一一丟出門外，還放了一把火把整座廟給燒了。

幾年之後，他在異鄉事業有成，在一個偶然的機會中，又回到了這傷心地。

只見，那座廟業經改建之後，反而比以前更雄偉、更莊嚴、更氣派，前來此地的善男信女也更多了。

面對如此不尋常的景象，他便好奇地問路邊賣黑輪的老阿伯。得到的答案卻是：八年前，這座廟無緣無故地「發爐」，把整座廟燒個精光——奇巧的是，在這過程中，所有佛像竟能自動自發地跑出來圍觀，所幸毫髮未傷——如此靈驗的廟宇，堪稱天下第一絕啊！

一杯多少錢

女朋友的生日就快到了，剛從國中畢業的小強，為了展現自己的男性本色，遂決定買個「貼身衣物」來當作她的生日禮物。

儘管，小強對「那鍋東東」並不是很懂，但還是硬著頭皮到女性專用精品名店去選購。

服務小姐：「少年仔，你需要什麼罩杯？」

小強：「罩杯？那是怎麼分辨的呀？」

服務小姐：「有A罩杯、B罩杯、C罩杯、D罩杯、E罩杯呀！千萬不要告訴我，你連這個也不懂。」

「懂！我當然懂囉！」小強緊接著問：「那——一杯多少錢呀？」

「乒乒乒乒——」登時，只見這位服務小姐露出「讓我死了吧！」的詭異姿容，隨即踉蹌倒地。

趕著搭船

有一位獲得提前假釋的囚犯，因為要趕著搭船，所以用最快的速度，從綠島監獄直奔綠島碼頭。

當他抵達碼頭時，卻見船已經離開岸邊了。倉惶之際，他隨手拎起路邊一根長長的木棍，並且加緊馬力，以「跑百米之姿」加上「撐竿跳的技巧」，火速跳上船去。

整個動作一氣呵成、一絲不苟，看起來似乎沒有任何停頓和瑕疵。

原本，他以為自己的舉動會博得船上旅客熱烈的掌聲，豈料，全船的人卻都嚇壞了——

「喂！你是不是起肖？這艘船都還沒靠岸呢！」

還沒受傷

在車水馬龍的台北市民權東路上，女警忽然看到一位男士橫躺路旁，於是趕緊趨前詢問：「先生，你是不是為了跟人家爭車位而被打傷了？我幫你叫救護車。」

「不必了！」那男士回答：「因為我目前還沒有受傷，只是誓死想為我朋友的車子保留一個停車位而已。」

吃竹子

一個英國記者來台灣做美食採訪——

這天，他看見路邊有個大腹便便的婦人在吃甘蔗，回到飯店之後，遂於採訪稿上寫下：「台灣人幾乎無所不吃，今天在街上親眼目睹有個孕婦在吃竹子，還吃得津津有味，怪哉！」

搞錯了

甲：「聽說你就快當爸爸了，改天我應該到府上向你和嫂子恭喜才對。」

乙：「那可不行！」

甲：「為什麼？」

乙：「不瞞你說，她根本就不知道這件事。」

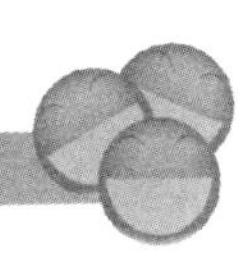

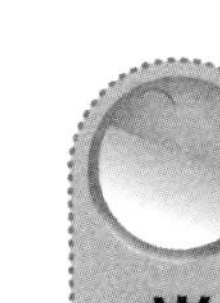

掌握流行瘋潮

想要成為一名幽默高手，務必掌握「流行瘋潮」，才能在這動盪不安、天災人禍、桃花滿天飛、充滿恐怖預言的時局中倖存。

幽默語言在人際交往和工作、生活接觸中有許多獨特的功能，掌握幽默感，能使我們清晰地表達自我對某些事物的輕蔑、不滿、揶揄和嘲諷，同時又能很婉轉地陳述溫情和善意，不至於造成過度的刺激和傷害。

時序邁入二〇〇九年，口水特別多、緋聞特別多、怪事特別多，不幸事件、抹黑事件也層出不窮，您是以怎樣的心情來看待這些剪不斷、理還亂，卻真真切切影響到我們生活的社會問題呢？

事實上，只要您能好好掌握社會的脈動與主流價值（多陳述事實，少刻意瞎掰），您便可以出類拔萃，在眾人面前好好流露「脫口秀」、「八卦秀」的本領，帶著大夥兒一起瘋。

除了偵知事件本身的趣味性之外，筆者建議您還得留意名人曾說過的「名言」或「凸槌話」，且盡量拿這些「凸槌話」來做文章，這樣，絕對可以使您的談吐更生動、表情更誇張、內容更具說服力。

比臭

話說當年，李先生一直苦於無法決定將政權移轉給宋先生或連先生。

於是，在李先生身旁服侍多年的小蘇子便主動獻上一計：「不如，請

這兩位搬到豬舍裡和豬一起生活，看誰的耐性夠、能吃苦，我們就選誰來接您這大位！」

「好啊！好啊！」李先生應允了。

一日之後，宋先生手掩著鼻子衝出豬舍，憤恨不平地說：「這是哪門子的測驗啊？都是豬尿，誰忍受得了？」

話雖如此，一直過了十天，連先生卻依然沒有跑出來。

「嗯，這人果然比較忠厚老實、忍辱負重，我總算沒看錯！」

當李先生正為連先生感到滿意之際，突然——

有一大群豬隻衝出來說：「好臭，真的好臭喔！都是銅臭味，連我們都受不了！」

比大小

三年乙班，有幾個小朋友在比較誰的爸爸開的車比較大——

小強說：「我爸爸開BMW。」

小明說：「沒什麼了不起，我爸爸開BENZ。」

小華說：「哼！我老爸開的是加長型的凱迪拉克，夠炫了吧！」

只有小乖靜默不語。

於是，眾人便消遣她：「嘿，妳爸爸肯定沒車可開，是不是？」

只見，小乖理直氣壯地站起身來，大聲說道：「我爸爸是個火車司機，有時候開莒光號，有時候開自強號，總而言之，夠大、夠酷了吧！」

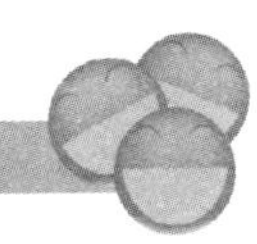

童言無忌

有一天，小新和媽媽一起洗澡時，針對彼此身體某部位的不同構造提出了質疑——

小新：「媽媽，我這地方叫什麼，妳那地方叫什麼，到底有什麼功用？」

他媽媽當然沒有直言不諱，只是隨便敷衍說道：「你的好比是小車車，我的好比是車庫。」

小新：「那我的小車車是不是該停在妳的車庫裡啊？」

「當然不行！」她媽媽羞紅著臉說：「你爸爸那輛大卡車晚上都會開進來！」

小新心想：到底大卡車是怎麼開進車庫的？於是，他決定伺機一探究竟。

就寢之後，小新小心翼翼地打開父母的房門，往內窺視了好一會兒，隨即神色緊張地衝進房內說：「爸爸！爸爸！你的車子太大了啦！車輪子都卡在車庫外面了——你知不知道？如果硬闖的話，不怕撞壞媽媽的車庫嗎？我看——還是由我來吧！」

全部懂

數學課，那名老態龍鍾的老師在講解完幾何問題之後，旋即詢問課堂上的學生：「這麼簡單的問題，同學們應該全懂了吧！」

學生們回答：「全不懂！」

於是，老師點點頭說：「嗯，既然全部懂，我們就繼續往下教吧！」

可愛的動物

幼稚園中班的老師正在教導小朋友認識「可愛的動物」。老師靈機一動，便開口問在座的小朋友：「有一種兩隻腳的動物，早上太陽公公出來時，牠會準時叫你起床，請問那種動物叫什麼名字！」

小雄說：「我知道，是媽媽！」

大明也搶著回答：「不！是爺爺啦，他長得比較可愛！」

柑仔店

大毛：「你去 Orange Shop 幫我買包菸，剩下的零錢給你去打電動玩具！」

小毛：「哥，Orange Shop是什麼？是指賣橘子的水果攤嗎？你很笨！那地方怎麼可能有賣菸嘛！」

「你才笨呢！」大毛：「我是說賣雜貨的『柑仔店』啦！這附近到處都是！」

A片

讀國一、正值青春期、學習能力欠佳的小胖，上課時偷看漫畫書，被

英文老師逮個正著，隨即被叫起——

「『This is a pen.』，翻成中文是什麼意思？」老師問。

小胖：「嗯——這是A片！」

連三敗

李：「唉——我的三次婚姻都失敗了——」

張：「怎麼說？」

李：「第一個老婆，在我當兵的時候，悶聲不響地走了。」

張：「第二個呢？」

李：「第二個老婆，趁我出國公幹的時候，送給我一頂大綠帽，於是我把她攆走了！」

李：「那第三個老婆呢？」

張：「唉——也就是我現在的黃臉婆，她竟然賴著不走哩！」

向前看

老師：「同學們，除非想從過去的錯誤中得到教訓，否則我們都應該向前看。」

小皮：「老師說得對，我們不應該往後看！」

小芬：「怎麼說？」

小皮：「因為前面同學的功課比後面的好呀！」

偏頭痛

一對老夫婦去台北探望兒媳，媳婦談起她這幾天偏頭痛，婆婆臨走時留下一些止痛藥給她。

幾天之後，婆婆和媳婦通了電話，婆婆問：「那些止痛藥應該有用吧？」

「不知道耶！」媳婦說：「自從你們回南部之後，說也奇怪，我就不再頭痛了。」

以牙還牙

甲問乙：「下午有個穿著十分潑野的女人從你家走出來，莫非——你背著老婆偷偷召妓？」

乙反問甲：「前天有個軍人從你家走出來，莫非你家爆發戰爭？還有——昨天有個醫生從你家走出來，莫非府上有人就快掛了？」

重色輕友

扁頭和大頭是相當要好的朋友，扁頭長得比較帥氣，女朋友較多。所以，大頭多少希望扁頭介紹一些馬子給他——

大頭：「你女朋友那麼多，介紹一兩個來玩玩嘛！」

扁頭：「這——這樣不好吧！」

大頭：「為什麼？原來你是個重色輕友的傢伙！」

扁頭：「不是啦！介紹不好看的給你，怕對不起你！」

大頭：「那就介紹漂亮的啊！」

扁頭：「那就對不起我自己了！」

追得半死

阿瓜：「阿呆，你參加百米田徑賽跑最後一名，應該覺得很丟臉吧！」

豈料，阿呆得意洋洋地回答：「怎麼會呢？我跑得好快喔！你難道沒看到前面七個人被我追得半死嗎？」

尋找快樂途徑

中國人一向視「福、祿、壽」為人生最榮耀的境界，大概以為這樣就一定會很爽、很快樂吧！

然而，這世間究竟有多少幸運兒能贏得「福、祿、壽」？而即使達到了那樣的情境，其人生也已步入黃昏，且在這段奮鬥過程中，想必充滿了艱辛與痛苦。

在現今的社會，「名利雙收」似乎成為人人追逐的共同指標，莫不認為「名」和「利」可以買得到快樂。花大把鈔票在酒店買醉，在花街柳巷買春，在申請執照、圍標工程上買官員的圖章，人們總是習慣用錢來收買

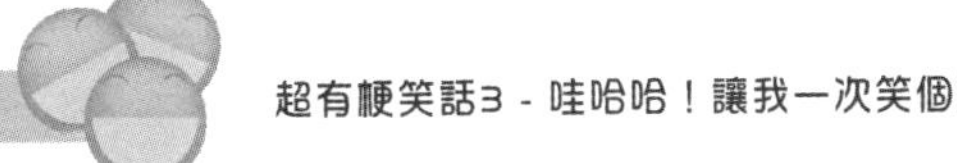

一切。

子孫滿堂、家財萬貫或許足以代表有福氣，但遙不可期的權位，往往需要靠殘酷的鬥爭才能獲得。而長壽的人，大都隱藏著心臟病、高血壓、糖尿病、老年癡呆症……等等慢性病的生活照顧問題。

所以，人們夢寐以求的「福、祿、壽」三種情況，根本就是個虛幻的存在，充其量也只是虛擬實境的快樂。

每個人都希望擁有快樂的人生，事實上，人生追求的最終目標難道不是如此嗎？許多人以為可以藉由住高級住宅、開名車來取得快樂的門票，但這虛幻的成就、短暫的狂喜，對於快樂本質的提升，似乎沒有太大的幫助。更正確地說，這種快樂是屬於自我膨脹的快樂，根本難以持久。

真正的快樂，取決於對人生的正面態度，而非負面的自我貶低、自我壓抑，或者是過高的自我期許。有些人天生比較樂觀，有些人天生比較憂鬱，重點就在於一個人的個性問題。

因此，想要成為一個快樂的人，以幽默的言行舉止感染周遭朋友，首先是要先建立以「愉悅之心」來關照人生，並且努力讓自己的「快樂基因」發揚光大。如果太相信命運，太在意悲情，變成一個悲觀的宿命主義者，放棄時時追尋快樂的心願，就會活在永不開心的世界，直到衰老病死。就有限的生命而言，值得嗎？

在千萬種生物棲居的地球上，可說每分每秒都在上演不可計數的劫難，舉凡：地震、火災、水災、風災、雪災、兩國論、夾擊論……我們所生存的空間無時無刻不面臨厄運和凶險，而以最高等智慧自居的人類，除了消極地凝視命運的捉弄之外，其實還有一條道路值得選擇，那就是積極

尋找快樂途徑，培養幽默感——做趣味觀。

每個人的心中其實都躲著一個聰明絕頂、活潑可愛、調皮搗蛋的精靈，只要您有時候肯讓它閃出來捉弄大家一番，絕對可以使心頭悲痛的重壓猛然減輕，使原本緊張的情緒和壓力獲得紓解，並且讓他人哭笑不得。

人肉大餐

在飛往美國的豪華客機上，來自非洲食人族的小國王準備點餐——空中小姐趨前詢問：「您想點咖哩雞還是牛排？」

「不要！」只見小國王搖搖頭，並且一臉嚴肅地說：「在享受大餐之前，請妳容許我利用五分鐘時間做考慮，先給我來一份旅客以及隨機服務人員的名單吧！我待會兒再點——」

垃圾

非洲南部某小國有名乞丐跳河自殺，結果——他雖然被附近民眾救起，但仍慘遭警方的逮捕。

罪名是：任意傾倒垃圾，企圖污染水源。

感動

兩位軍中好友兩年不見了，今日在街頭巧遇時，甲問乙：「學長，你

和那個女子結婚了吧？」

乙說：「別提了——」

甲驚奇地問：「拜託，當兵時你不是每天寫情書給她嗎？如此深情和熱愛，難道都無法感動她？」

乙感嘆說道：「唉，真正感動她的卻是那個跛腳郵差，如今他們已經結婚了——他每天幫我送信，也送的實在太辛苦了——我輸得無話可說。」

瘋狂大盜

又發生竊盜案了——歹徒行徑詭異，動作一絲不苟。

然而，當這名歹徒闖入空門，撬開保險箱一看，卻發現裡頭盡是一個個果凍，不見任何金銀財寶。

歹徒氣炸了，索性把果凍吃個精光，然後回家睡大頭覺。

第二天下午，歹徒起床後到便利商店買了一份中時晚報，想看看自己昨夜幹的好事有沒有上報——。

社會新聞頭版頭條是這樣寫的：「精子銀行被盜！五百包精液被掏空」——歹徒行徑瘋狂至極，管理人員百思不解。

貓的視力

小夫：「大雄，你知道吃魚有什麼好處？」

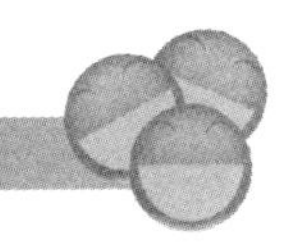

大雄：「我當然知道囉！吃魚可以預防近視。」

小夫：「何以見得？」

大雄：「笨蛋，要不然哆啦A夢的視力怎麼會那麼好，我做什麼壞事都逃不出牠的法眼？還有——你可曾見過戴眼鏡的貓嗎？」

打情罵俏

一對學生情侶在海邊散步——

男：「我可以牽妳的手嗎？」

女：「——」（靜默不語）

男：「那——我可以搭妳的肩嗎？」

女：「——」（靜默不語）

男：「莫非——妳希望我摟妳的腰？」

女：「——」（靜默不語）

這時，男同學終於生氣了。「@#$%◎！ㄚ——妳的耳朵是不是聾了？嘴巴是不是啞了？」

沒想到，女同學更加生氣地嘟起嘴來，並且打了男同學一巴掌：「我咧@#$%◎！你的頭殼是壞了ㄏㄧㄡ？右手是斷了ㄏㄧㄡ？」

懶鬼

大家都知道，阿田是不折不扣的懶惰蟲，他退伍之後，什麼也不做，

日子一久，生活果然成了問題。

他的父親說：「看你這麼懶，乾脆去當三七仔算了，因為沒有比這更輕鬆的差事了！」

於是，阿田就被一群親友抓去幹皮條客。

但過沒兩天，阿田又回來了，且非常生氣地對親友說：「我不幹了！」

「為什麼？被條子發現了嗎？」親友問。

「不是！」阿田說：「天底下哪有這種道理啊！她們都躺著做，我卻要站著，還有——這些沒穿什麼衣服的懶女人，她們的收入竟然是我的好幾倍呢！」

老農與惡犬

小夫獨自騎著機車到鄉下遊玩，途中經過一片農地，發現有位看起來十分慈祥的老者在播種，他便好奇地跑過去噓寒問暖。

可是，那老農夫的身旁蹲著一隻看起來相當兇狠的老狗，小夫就問：「您養的狗會不會咬人啊？」

老農笑了笑：「我家的狗修養極佳，牠從不咬人！」

於是，小夫便安心地走過去，還伸手向那隻狗打招呼。豈料，那隻狗竟以迅雷不及掩耳之姿，狠狠地將小夫的手緊咬不放。

「喂！你——你不是說你的狗不會咬人嗎？」

老農：「對啊！可是這隻狗根本就不是我養的啦！」

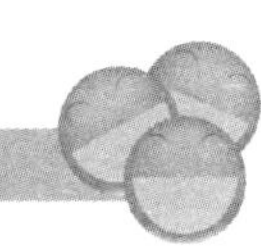

大吼一聲

大鳥聽人家說，他們共同的窮朋友——扁頭，一夜之間發了財，於是，在大惑不解的情況下，大鳥趕忙去找扁頭請益。

扁頭：「前不久，我上山獵殺山豬時，忽然看到一個山洞，我一時心血來潮，便往洞內大吼一聲，豈料，山洞中竟撲出了兩隻可愛的熊貓，於是，我一一將牠們打倒在地，然後背到山下賣了大錢，實在好爽喲！」

大鳥聽了之後，滿是期待的走了。

但過沒幾天，扁頭聽人家說，他們共同的窮朋友——大鳥，突然進了醫院，於是，在大惑不解的情況下，扁頭趕忙去看他。

「大鳥，你怎麼了？」扁頭抵達醫院時，大鳥已奄奄一息。

大鳥卯足了全身氣力，非常氣憤地對扁頭說：「你——你這傢伙可——可把我害慘了！」

扁頭：「干我啥事？」

大鳥：「我根據你所說的——找到了一個特大號的山洞——往裡頭一吼——沒想到——沒想到裡面同時發出一聲巨響——我一時不察——身後竟衝出了一輛火車——結果——結果我就被輾平——然後不省人事了！」

自以為是

情夫：「從各方面來講，我都強過你，只有某一點我不如你。」

情婦：「哪一點？」

情夫：「我的情婦不如妳的情夫。」

見證者

修女：「神父啊！我真的能看得到上帝嗎？」

神父：「當然可以，只要妳有誠心，無時無刻祈禱。」

修女：「可是，我的室友從未見她祈禱，竟然天天得到上帝的恩寵！這件事委實令我難以平衡。」

神父：「豈有此理？真有此事？」

修女：「是的，每天晚上，當那名修道院警衛進入室友的房間後，沒多久，我便能聽見她那『OH! GOD! OH! MY GOD!』的清楚告白——並且，就在當時，那位警衛似乎就是最好的見證者，他常發出『OH! YES! OH! YES! YES!——』之類的讚嘆呢！」

原來如此

阿淦：「醫師，我在上廁所方面顯然出現了問題！」

醫師：「告訴我，你每天早上都是幾點尿尿的？」

阿淦：「五點半左右！」

醫師：「每天都會上大號嗎？大約幾點？」

阿淦：「幾乎每天都上！時間約落在六點半至七點半。」

醫師：「這樣很正常嘛！幹嘛大驚小怪？」

阿淦：「可是，我每天都要過了七點半以後才會起床啦！」

怎麼走

在車水馬龍的民權東路與敦化北路交叉口——

路人A：「請問殯儀館怎麼走？」

路人B：「你要去第一還是第二？」

路人A：「這有什麼分別嗎？」

「那當然！」路人B：「你如果要去第一殯儀館的話，請站在民權東路的中央，你如果要去第二殯儀館，則請站在敦化北路的中央，相信待會兒絕對會有人送你到目的地！」

怪鸚鵡

某農夫買了一隻鸚鵡，他每天都勤於教牠說話，其中又以教「叫爸爸」的次數為最多。

然而，半年之後，鸚鵡都只會嘎嘎地亂叫一通，連最最基本的「爸爸」都無法脫口而出。一日，農夫喝醉酒，終於生氣地掐住那隻鸚鵡的脖子，並且口出穢言：「你娘卡好咧！你是袂曉叫爸爸ㄏㄧㄡ？」

於是，農夫便將鸚鵡關進雞籠裡，以示懲罰。

幾天之後，農夫剛從田裡幹活回來，聽到了一陣激烈的吵雜聲自雞籠傳出。農夫旋即打開雞籠一探究竟——

只見鸚鵡正掐著一隻小雞的脖子吼道：「你娘卡好咧，你是袂曉叫爸爸ㄏㄧㄡ？」

餓壞了

一位腦滿腸肥的中年人行色匆匆地走進狗食專賣店。

他毫不客氣地對老闆喊道：「我要買一大包給狗吃的肉，快點！」

然後，他轉身向另一名正在等待的矮小婦人說：「我很急！妳該不會介意我插個隊吧！」

「當然不會！」那婦人冷冷地回答：「看你餓成這樣子，讓你先買又何妨。」

拒收情緒垃圾

在忙碌的生活中，在複雜而虛偽的人際關係裡，我忽然發覺自己出了大問題，而這個問題竟然是——好無聊ㄛ！

年輕時期狂追女友的熱情，已經燃燒殆盡；政治上的英雄崇拜，到頭來還是一場空，因為這畢竟是民主社會，終究得接受少數服從多數的事實。

如今，每天日升月落、風停雨息，上班下班，餓了便吃，睏了就睡，生活真是無聊至極。

但誰的日子不無聊、不苦樂參半呢？每天從學校、辦公室、家庭所累

積的怨懟愁苦，總得想辦法將這些不佳的情緒排解掉，否則任其憋在心底，年復一年、日復一日、時復一時，相信任誰遲早都會「發瘋」不可的。

宣洩不良情緒的方法，多得不勝枚舉，有的伺機報復，有的透過大肆花錢血拼來獲得精神上的紓解，有的透過肉體上的短暫歡愉來證明自己還活著，更有人喜歡把親友抓來當聽眾，甚至視為垃圾焚化場或仇人那般地猛倒自己情緒上的垃圾。

就以「喜歡向他人訴苦、讓人窮於應付的討厭鬼」來說吧！這些人士只會拼命帶來令人不悅的消息或愁苦的氣氛，直接影響我們原本還算愜意、還算滿足的生活作息——久而久之，耳濡目染的結果，將使我們活得更不快樂。因此，當我們不幸面對這樣令人沮喪的人物時，唯一能做的，就是設法遠離。

笑得少，自然無聊就多。依筆者之見，唯有拒聽別人的「訴苦經」，設法解脫他人所帶來的悲哀，甚至予以適當的反擊，才能避免自己同樣跌入怨懟愁苦的氛圍，成為笑聲特少的一群。

在此，筆者也要奉勸那些宛如置身於愁藹之中的人一句話：「幽默是人類最珍貴、最至高無上的本質，有了幽默，人得以學會用笑來取代憂愁和苦惱，使我們超越現實，贏得起也輸得起。」

誤闖食人族

有個傳教士去非洲傳播福音，途中，他不慎誤闖食人族禁地，因而慘

遭圍捕——於是，傳教士只得閉起眼睛，跪下禱告。

禱告完，他意外地發現：那些食人族竟也表情肅穆地雙手合十，全部跪倒在地。

頓時，傳教士滿是感謝地對天高喊：「父啊！謝謝祢，祢果真無所不在，他們終於良心發現了！」

豈料，那個食人族頭目更為振奮地站起身來，並且大聲宣布：「兄弟們，飯前的禱告就到此為止了，大家不必客氣，開始用餐吧！」

大師的幽默

據傳，這是一則真實的故事——

東北軍閥張作霖有次到城裡逛街，正悠悠哉哉行走時，突然聽到一聲吆喝，嚇得他以為刺客出現而打了一記冷顫——猛然回頭一望，原來是個賣肉粽的小販，挑著擔子自小巷子走出。

登時，張大帥火冒三丈：「把他抓起來！我要斃了他！」

賣肉粽的小販莫名其妙地被帶到軍團總部，甚至拖到了靶場正中央。接著，只聽到「砰！砰！砰！」三聲槍響，中間夾雜著痛苦的哀嚎，賣肉粽的小販便癱倒在地了。

奇怪的是，不一會兒，賣肉粽的小販竟又蠕動了身軀，踉踉蹌蹌地爬了起來——他毫髮未傷！

那時候，張大帥得意至極地趨前說道：「中國人一向講究禮尚往來，你剛剛嚇了我一大跳，現在我當然也要把你嚇個半死才甘心！不過——我

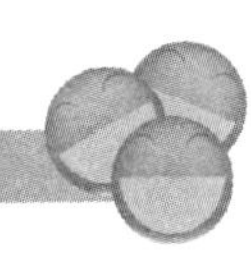

會吩咐屬下另外賞你五百塊現大洋，當作收驚費。」

風騷的女孩

在某社會名流的生日PARTY上，有個外表十分艷麗的少女直盯著某位紳士——紳士覺得不好意思，於是好意地趨前搭訕：「我們以前是否見過？」

少女：「在這之前，我們應該沒見過，但是——你很像我的第七任情人！」

紳士笑道：「不簡單哦！看妳年紀輕輕的，沒想到戀愛經驗那麼豐富——請問，現在交到第幾任了？」

少女：「當然是第六任！」

反駁

某次考試，監考老師意外地在阿淦的桌下撿到一張紙條，並且發現裡頭寫滿了密密麻麻的小抄。

監考老師氣憤說道：「朱淦基，這是你的傑作吧！給我站起來！」

阿淦：「不！不是我的！」

監考老師：「男子漢大丈夫，要敢作敢當嘛！如果還想狡辯的話，我立刻帶你去見教務主任，其後果自行負責！」

「那真的不是我的！」頓時，阿淦也不禁發火了，他攤開雙手反駁說

道：「我的小抄在這裡，還沒開始動用ㄇㄟ！」

母狗的困惑

有個女人，一直以為自己是隻狗，家人深感困擾，便送她去看某位知名的心理醫師。

心理醫師經過長期的追蹤與治療，一日，便對她說：「小姐，我必須恭喜妳！因為妳已經痊癒了！」

那女人非常高興地離開診所，但過了一會兒，卻又緊張兮兮地跑回來。

「發生什麼事了？」醫生問。

女精神病患說：「外頭有隻大狼狗！」

「可是，妳已經是個正常人了，幹嘛還要怕牠呢？」

「是啊！」她說：「我知道自己不是狗了，可是——正在發春的牠，還是對我上下其手，很顯然，牠並不曉得這件事呀！麻煩您代我去跟牠解釋一下好啦！」

洩漏天機

一名中年台胞獨自到大陸旅遊，途中遇劫，他奮勇抵抗——激戰之後，歹徒終於還是將他制伏了。但一搜他的行

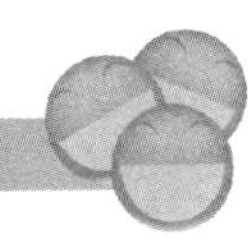

李、口袋，卻總共搜出三塊錢人民幣而已。

「老兄，你他媽的究竟是不是台灣來的？難道就為了這點小錢跟我拼命？」歹徒氣急敗壞。

中年台胞則氣喘如牛地說：「哎呀，年輕人啊！看你年紀輕輕的，幹嘛行搶ㄚ？還有，早知道你只要搶這三塊錢的話，基於同是炎黃子孫的立場，我肯定雙手奉送的，嚇死我了，我還以為你要搶我藏在鞋底那五千元呢！」

親弟弟

某日，代課老師忽然對小智說：「你長得好帥喲，有沒有親弟弟？」

小智不由自主地皺起眉頭往褲襠望去，然後抬起頭來說：「報告老師，我自己親不到啦！」

歷史重演

家長：「連老師，我女兒這次歷史考得怎樣？唉，我讀中學時最怕讀歷史了，總要背得半死。」

老師；「那你當時考得怎樣呢？」

家長：「甭提了，沒有一次及格！」

老師：「那我就不便多說了。」

家長：「為什麼？」

老師：「因為歷史果然重演了！」

王老太太（一）

年邁八十的王老太太學書法，執筆之際，手不由自主地顫抖。六歲大的外孫女瞧見了，疑惑地說：「外婆，寫毛筆字真有那麼可怕嗎？看妳嚇成這樣。」

王老太太（二）

年邁八十的王老太太指著電視機說：「這個壞人昨天晚上謀害自己的親人，今天總算得到報應了。」

外孫女道：「外婆，昨天晚上他演的是另一齣連續劇啦！」

豈料，王老太太一臉嚴肅地說：「我就知道，這種喪盡天良、沒人性的敗類，早晚會栽在另一件事上面。」

關於黃色笑話

根據統計，讓人發笑之後，還記得住內容的笑話，七成五以上是屬於黃色笑話。

由於黃色笑話本身有色有味，就像滷蛋、海帶之於陽春麵一樣，是必備的佐料。

在解讀這些辛辣夠味的笑話時，絕對需要一點想像力，並且極力撇開部分道德觀，這樣才能盡情地哈哈大笑。

中年富商夜闖情婦的家，登時，他看見桌面上有一張情婦寫的字條：

「香噴噴的飯，在電鍋裡；你愛吃的菜，在廚房桌上；赤裸裸的我，躺在床上——。」

「性」在人們心底是什麼東西？是純潔的？是骯髒的？是神秘的？或者是不可開懷暢談的？生性保守的人也許會把性歸於骯髒的那類，不過絕大多數的正常人卻不這樣認為，不是嗎？

前面說過，幽默是潤滑人際關係、去除人生壓力的崇高產物，但在陳述任何黃色笑話時，卻並不能意味它的普遍性和隨意性——畢竟，黃色笑話宛如一朵帶刺的玫瑰，倘若輕率、莽撞地逢人就講，有時會讓閣下飽嚐苦果。

依筆者之見，黃色幽默必須恪遵以下禁忌：

● 勿以譏諷特定人士為樂事。

● 有關特定行業、特殊族群的黃色幽默應慎重。

● 陳述內容務求適度和得體，避免下流、污衊人格的字眼。

黃色幽默固然絕妙，但是如何抓住分際，把幽默感掌握得恰到好處，更是一大學問。有些人平時喜歡在言語之間耍些幽默，但是仍得注意許多禁忌，比方說性別、殘障、族群之間的黃色笑料，若知道聽者為刻板、固執己見的傢伙，這些笑話還是少碰為妙。

因為，不得體的幽默感，有時會變成一種歧視，一種狡獪的嘲謔，而歧視與嘲謔則是民主社會中相當大的禁忌。

事實上，幽默固然很難，但要聽得懂幽默，容忍含沙射影的嘲諷，也確實不易。幽默本身有時像是「歇後語」，有時如同「猜燈謎」，必須冷靜而客觀地加以分析。

總而言之，無論限制級的笑話也好，輔導級的笑話也罷，只要您懷抱深刻的愛心、同情心、趣味心，泰然自若地審視人生、打量慾望和苦難，您自可獲得一股非凡的能力，深入領悟和體驗種種達觀的境界。

大家都知道，法國人是一種非常浪漫的人種，他們從小在裸體廣告、看了教人臉紅的電視和電影中長大，所以性趣很濃，經常可以看見有人在公園裡公開做愛。而義大利人也不遑多讓，他們是以「外遇多」而知名的國家，多到怎樣的程度，確實無從查起，不過可以確定的是，義大利男人風流倜儻的韻事，已經成為他們平時最津津樂道的事。

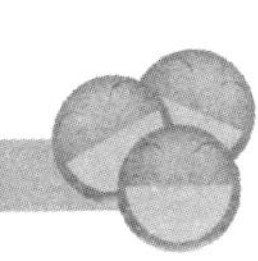

可憐的人

台北市行天宮地下道內有個乞丐，身旁帶著一隻老狗，而牠好像在保護主人似的，總是乖乖坐著。

老狗的脖子上，還掛了一塊牌子，上面清楚寫著：「請全國同胞發揮愛心，同情這位可憐的瞎子吧！」

為人樂善好施的小強，如果碰到下雨天，必須搭公車回家而經過那裡的話，都固定會投三個十元銅板到乞丐面前的毛毯裡。

有一天，小強急著去洽公，匆匆走過那裡時，由於身上並沒有三個十塊錢銅板，只有三個一元硬幣而已，所以不假思索就投了——

突然，那名乞丐開口說道：「先生，請等一下，你少給二十七塊錢哦！」

小強嚇傻了，待恢復神智之後，這才憤怒地說：「可惡！原來你這傢伙的眼睛看得見嘛！」

「我本來就沒瞎！」乞丐說：「眼睛看不到的，是我這條可憐的狗啦！」

親臉

某日，志明再也無法按捺自己的情慾，終於鼓起勇氣對春嬌說：「我好想親親妳的嘴喔！」

其實，患有口吃的春嬌，長久以來一直把志明當作普通朋友看待，所以在面對他這突如其來的要求時，只得氣紅著臉加以拒絕：「不——

不——要臉！」

志明便說：「好吧！不要親臉就親嘴ㄇㄟ！」

公牛

有個負責跑地方新聞的女記者，特地到窮鄉僻壤做採訪。

那天，她看到一個六、七歲左右的小男孩疲累地牽著一頭大牛在鄉間小路行走。

女記者：「小朋友，你要把牛牽去叨位？」

小男孩：「拉牠到隔壁村和母牛交配！」

女記者：「那你父親呢？這件事情不能由你父親來做嗎？」

「當然不行！」登時，小男孩露出輕視的面容說：「妳有點常識好不好？要公牛才可以啦！」

符合條件

有個家財萬貫的老處女在網路上徵求一夜情——

她開出三個條件：

一、不能打我（施以性虐待）。

二、要讓我得到絕對的滿足。

三、辦完事之後，如果我覺得很滿意，便不能遺棄我。

於是，當天下午就有一個傢伙來按門鈴。老處女開門一看，竟是一位

殘障的中年人。

「你幹嘛，有什麼事嗎？」老處女問。

「我來應徵一夜情！」

「喂！你到底有沒有看清楚我所開的條件啊？」

「有！」那殘障中年人篤定地說：「第一，我沒有手，若不飽嚐妳的施暴就萬幸了；第二，我雖然坐在輪椅上，但剛剛是用『那個』去按門鈴的，相信必能如狼虎般地滿足妳；第三，我沒有腳，絕對跑不掉，到頭來只有認命的份！」

蛇的化身

荒山野嶺，一隻餓得發慌的狐狸發現了一條蛇，於是拼命追殺。結果，蛇機靈地竄進溪裡去了，狐狸只得耐心地在岸上守候。

過了許久，有隻烏龜爬上來，狐狸旋即按住說道：「小子，你還想跑丫？以為穿上背心我就認不出來了嗎？」

算老幾

一個色慾薰心、家財萬貫但卻性無能的中年病人，冷不防地伸手偷摸護士的大腿說：「嗨，寶貝，妳的身材實在太性感了，等我身體康復之後，能有榮幸邀妳共進晚餐嗎？」

只見護士小姐甜甜淺笑：「對不起，這必須徵求我未婚夫的同意！」

「這樣好了，一次要多少錢？妳儘管開口，我可以給妳！」

「這——還是要徵求我未婚夫的同意才行啦！」護士說。

「他是誰啊？算老幾啊？」

「他——他就是後天要幫你動老二手術的醫生呀！」

指揮棒

一名男性喬裝成女人的模樣，混進女同性戀PUB裡。

他刻意坐在最昏暗的角落，獨自飲酒，狀似孤獨。

後來，果然有一名妖嬈的女子前來搭訕，她說：「妳相信嗎？如果我

們兩個能結合的話，就會像現在播放的這首交響樂，相得益彰！」

「當然相信，妳說的一點都沒錯！」男扮女裝的客人回答：「我還帶了一根指揮棒呢！隨時都可以為妳演奏一曲！」

人瑞村

某日，電視台記者到知名的「人瑞村」採訪。

一進入村中，旋即見到一個老頭子正慌慌張張地跑著。

記者：「老先生，看您的年紀這麼一大把了，走路可要減速比較好ㄛ！」

老人：「小朋友，您開什麼玩笑啊？我才一〇三歲而已耶！哎呀，我

得快走，我老媽就快追過來了。」

記者驚訝問道：「你媽媽為什麼要追你？」

老人：「她想K我啦！因為我偷了我奶奶的私房錢。」

「什麼？」記者更加詫異了，「那你為什麼要偷呢？」

「都是曾爺爺害我的啦！」老人一臉無奈地說：「唉，說來話長，我曾爺爺喜歡在外面搞女人，動不動就伸手向我要錢，我壓根兒受夠了！」

醉鬼的小費

一名喝得酩酊大醉的中年人在夜市攔了一部計程車。

醉鬼坐上計程車之後說：「運匠你好Y！我——我要去——去士林夜

市啦！」

計程車駕駛不假思索地說：「喂，先生，這不是已經到士林夜市了嗎？」

醉鬼向窗外望了望，醉眼惺忪地說：「沒錯！我就是要來這裡。」然後，他摸摸口袋，隨即掏出一張五百元塞給駕駛，且在下車離去之前豎起大拇指說：「嗯，年輕人，你的開車技術我很欣賞：又快、又準、又狠。好了，剩下的就當作小費，你不必找錢給我了，再見——再見——」

失控的女人

小夫在路上被一名陌生女子痛扁一頓——

警察趨前盤問：「你還記得那個女人的面貌嗎？」

「當然記得！化成灰我都認識——」小夫喪氣地說：「我就是因為形容她那失控的長相而被揍的！」

先進

三年前，ㄚ花嫁給了ㄚ水，過了一年之後，ㄚ水不幸病故了，ㄚ花於今年正月改嫁ㄚ火。

清明節那天，ㄚ花帶著ㄚ火來到ㄚ水的墳前祭拜——

丫火問丫花：「我該怎麼稱呼妳的前夫？叫『前輩』妳覺得怎樣？」

丫花想了想，說：「叫他『先進』或許更貼切吧！」

髒話一族

婷婷：「他娘卡好咧！我最討厭那些愛說髒話、動不動就大罵三字經的臭男生了。」

娜娜：「幹！我也是——我們班上就有一大票像這樣的雜碎。」

語言障礙

一對鄉下老夫婦首次坐飛機，機票座位分別標示著「38A」和「38D」。由於二人皆看不懂中、英文，所以用台語和空中小姐溝通，並且請她帶位。

不久，空中小姐引領他們走到座位前說：「阿伯仔，你38A低佳，你某是38D啦！」

豈料，那位老先生竟然發火了，他大聲怒斥：「妳講這什麼話？妳才是三八G啦！」

（附註：請用台語發音）

發牢騷

某日，小華回到家之後，神情顯得十分落寞，媽媽問他原因，他說：

「我實在不想再去學校了！」

「為什麼？」他媽媽問。

「有兩個重要因素：第一、同學們似乎都不怎麼喜歡我；第二、老師們對我的態度相當冷淡。」小華說。

「不行！你還是要去學校啦！」他媽媽斬釘截鐵地說：「也有兩個考慮因素：第一、你已經五十五歲了，說什麼都得再撐下去；第二、你是教務主任，這是責無旁貸的事啊！」

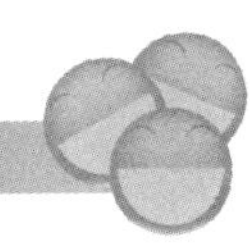

浪漫的夜

已有妻室的男子對他的小情人說：「我們即將擁有三個浪漫的夜晚——我弄到了四張日本旅遊招待券。」

「怎麼會是四張呢？有誰要跟我們一起去？」小情人問。

男子喜孜孜地說：「一張給妳爸，一張給妳媽，一張給我太太，一張給我女兒——」

去醫院

老外問路人：「先生，請問您醫院怎麼走？」

那位路人剛被交通警察開了一張罰單，心情跌落到谷底，遂敷衍地說：「只要你現在走到馬路正中央，然後閉上眼睛，幾分鐘之後你就會到醫院了！」

維繫婚姻

一對老夫婦舉行結婚六十週年慶——

某報記者聞訊之後，登門採訪：「實在不簡單，請問你們如何維繫這六十年來的婚姻與感情？」

老先生：「我一直忍氣吞聲，現在已經得了氣喘病。」

老太太：「這六十年來，我總是咬牙切齒過日子，如今牙齒都敗光了。」

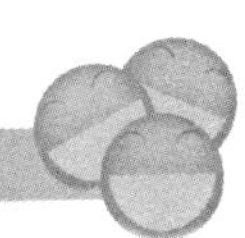

來遲了

老婦人：「請問貴公司是不是在應徵業務助理？」

人事部經理：「沒錯，不過妳來遲了！」

老婦人：「不會吧！今天早上的報紙還有刊登，難道您已經找到適當的人選？」

「還沒找到！」只見人事部經理翹起二郎腿說道：「不過可以確定的是，妳至少遲到了四十年。」

有夢最美，幽默相隨

想要培養幽默的情緒、快樂的期望，就另一個角度觀察，其實很像對獎時的那種亢奮心情。

這是個充滿希望的年代，因為地不分東南西北，人不分男女老少，隨時都有機會中大獎。

人的一生當中，由於生老病死種種壓力，所以需要更多的幽默。而愛開玩笑的財神爺總會來「挺」一次吧！有時祂會從正門進來（正財），有時祂會從窗戶闖入（偏財），就看您如何掌握、如何看待「富貴在天」這件事了。

母乳的好處

某所大學的食品營養系舉行抽考，題目是：「母奶為何比牛奶好？」

結果，得到以下寶貴的答案：

甲生：「溫度適中，不必擔心燙傷食用者的唇舌。」

乙生：「食用之前，無須搖晃。」

丙生：「保存便利，而且比較不會被閒雜人等偷吃。」

丁生：「容器美觀、大方，足以增進食用者的食慾。」

地理高手

上地理課，老師臨時抽考，要學生們簡述「阿拉伯、澳門、好望角、羅馬、新加坡、柏林、名古屋」等地。

平常喜歡搞怪的貞子是這樣寫的：

「有個老公公，左鄰右舍尊稱他為阿拉伯，他非常注重運動保健，每天一大早就打開澳門，且固定騎著那匹擁有好望角的羅馬去爬新加坡，然後穿過柏林，再回返到自己的豪華大宅——名古屋。」

玻璃罐子

某國總統在健康檢查時，順便要求醫生檢查檢查他的精蟲數目是否減少。

於是，護士小姐給他一個密封的小玻璃罐，請他回家後採些樣本帶

來。

第三天，總統來了，護士卻發現玻璃罐是空的。

「哎，我年紀大了，重看不重用了！」這時，總統面露慚色地說：「前天晚上我用右手試了老半天，沒有半點動靜，改用左手試，依然無濟於事，後來我太太主動來幫忙，她乾脆動用嘴巴，結果還是無效啦！」

護士小姐聽得滿臉通紅，不知如何是好。

但總統先生似乎是越講越起勁：「昨天晚上，副總統夫人到我家來送禮，由於她比較年輕，所以我也請她來幫忙，她手、嘴並用，非常努力地做了，只可惜——」

「停——停停」護士小姐再也聽不下去了，甚至有一點發飆：「總統先生，您知道自己在講什麼嗎？您貴為一國之尊，怎麼可以和副總統夫人做這種事情呢？還好意思說出來，難道不怕引起全民的公憤嗎？」

「這沒什麼啦！她也很樂意啊！」總統說：「反正那個玻璃罐子就是打不開，我們有什麼辦法啊！」

蚊子提燈籠

某天夜裡，大毛、二毛想上床睡覺，卻發覺蚊子很多，委實不堪其擾。二毛說：「糟糕，蚊香已經用完，這下死定了。」

大毛說：「你很笨咧！只要把小夜燈也關掉，蚊子就找不到我們了呀！」

頓時，兩兄弟都覺得這個主意很不錯，於是關燈就寢了。

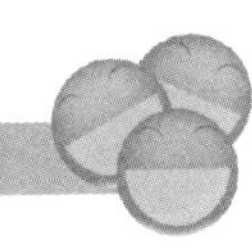

不久，有隻螢火蟲飛進房裡，二毛見狀，立即呼天搶地搖醒大毛：「哥！不好了！不好了！蚊子提著燈籠來咬我們了！」

臥虎藏龍

甲：「男人在外頭養女人，一搬稱為金屋藏嬌，那女人在外頭養小白臉又該如何形容？」

乙不假思索地答道：「臥虎藏龍嘛！」

不要對他說

女：「親愛的，結婚之後你會跟以前一樣愛我嗎？」

男：「我會！」

女：「甚至比以前更疼我、更珍惜我？」

男：「那當然！」

女：「你知道嗎？只要躺在你的懷裡，我就感到好幸福好幸福喔！」

男：「嗯！但最重要的還是別讓妳新婚的笨老公知道我的存在，OK？」

排隊大小便

公司負責人對即將被遣散的資深員工說：「我聽黃經理說，你詛咒我公司年終前就倒閉，並且要在我死後到墳場上對我的墳墓大小便，究竟有沒有這回事？」

被資遣的員工：「放心吧！我早就改變主意了──因為，我這個人可沒有排隊的耐心。」

職業性向論

◎必然好色的男人：

●編輯──因為他們一碰面就要「稿」。

●牙醫——因為他們會不斷要求妳「嘴巴張大一點」。

◎必然不能嫁的男人：

●計程車司機——「坐上去」就得付費。

●送報生——一到「門口」就丟。

●收水電費的——「兩個月」才來那麼一次。

◎必然淫蕩的女人：

●車掌小姐——因為她們總是說：「再擠進去一點啦！」

●電梯小姐——因為她們總是問你：「要上嗎？」

●老師——因為她們「常常會感到不滿意」，然後要你再做一次。

● 售票員——因為她們習慣說：「別急，慢慢來嘛！」

誤解

貞子：「哥，有人欺負我！」

哥哥：「誰？這年頭會對女孩子性騷擾的無賴實在太多了，走，我現在就去扁他！」

貞子：「不是啦——」

哥哥：「那傢伙到底對妳怎樣了？」

貞子：「我剛剛走過他的身邊時，他竟然對我說，小子！是個男子漢就應該抬頭挺胸，走起路來別那樣婆婆媽媽的好不好？」

踢掉門牙

女兒：「媽媽，今天學校上護理課時，老師說BABY會從男人最喜歡進去的地方跑出來，這是不是真的？」

「這——」身為母親的她，實在難以啟齒，只好默默點頭了。豈料，女兒突然放聲大哭。

「怎麼了？」媽媽問。

女兒如泣復如訴地說：「照這樣說法，那明年春天——我在生扁頭的孩子時，他準會踢掉我的門牙的——那不是太恐怖了嗎？」

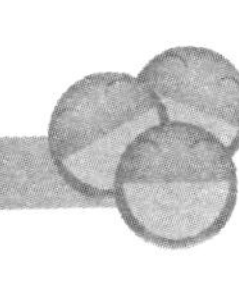

守密

阿勇：「女人沒一個能嚴守秘密的，越漂亮的越不可信！」

阿霞：「胡說！打從二十歲開始，我就對自己的年齡充分保密！」

阿勇：「哼！我敢打一百萬個賭，妳總有一天會洩底！」

阿霞：「開什麼玩笑！一個美女已經守了十八年的秘密，說什麼她都會繼續守下去的！」

傷害

ㄚ花天生神經過敏，常懷疑自己的先生有外遇——

有一天，她以撒嬌的口吻問：「老公，你愛偶嗎？」

老公以堅定的語氣答：「當然愛囉！」

於是，ㄚ花心滿意足的跑去拿報紙來給她老公看。

但隔沒多久，ㄚ花又不放心地問：「老公，你剛剛之所以說愛偶，是不是怕傷害到偶呀？」

這次，ㄚ花的老公再也按捺不住了——他放下手中的報紙，以顫抖的聲音說出真心話：「不！偶——偶是怕你傷害偶！」

好美麗

郝先生：「太太，謝謝妳幫我生了一個白白胖胖的女兒，不過，我想知道妳為什麼要為她取名為『美麗』，難道妳不覺得在今時今日，這個名字顯得有些俗氣？」

郝太太：「管它俗不俗？我只知道，從今以後人家都會叫我是『郝美麗的媽媽。』」

國家圖書館出版品預行編目資料

哇哈哈！讓我一次笑個夠 / 張允中編著.
－－第一版－－臺北市：知青頻道出版；
紅螞蟻圖書發行，2014.08
面 ； 公分－－(超有梗笑話；3)
ISBN 978-986-5699-27-7（平裝）

856.8　　103013570

超有梗笑話 3

哇哈哈！讓我一次笑個夠

編　　著 / 張允中
發 行 人 / 賴秀珍
總 編 輯 / 何南輝
美術構成 / Chris'office
校　　對 / 周英嬌、吳育禎、賴依蓮
出　　版 / 知青頻道出版有限公司
發　　行 / 紅螞蟻圖書有限公司
地　　址 / 台北市內湖區舊宗路二段121巷19號（紅螞蟻資訊大樓）
網　　站 / www.e-redant.com
郵撥帳號 / 1604621-1　紅螞蟻圖書有限公司
電　　話 / (02)2795-3656（代表號）
傳　　真 / (02)2795-4100
登 記 證 / 局版北市業字第796號
法律顧問 / 許晏賓律師
印 刷 廠 / 卡樂彩色製版印刷有限公司
出版日期 / 2014年 8月　第一版第一刷

定價 169 元　港幣 57 元

ISBN 978-986-5699-27-7　　Printed in Taiwan